Walter Kort

Wie die Weißen Engel die Blauen Tiger zur Schnecke machten

C. Bertelsmann Verlag

© C. Bertelsmann Verlag GmbH, München 1982 / 5 4 3 2 1
Einband von Arnhild Johne
Gesamtherstellung Mohndruck Graphische Betriebe GmbH, Gütersloh
ISBN: 3-570-02836-4 · Printed in Germany

Was tut ein Junge, der aus einem abgelegenen Alpendorf in den Urwald einer Großstadt verschlagen wird? Wie verhält er sich, wenn ihm unversehens in freier Wildbahn ein Blauer Tiger gegenübersteht?

Man muß ihm irgendwie helfen, habe ich anfangs gedacht, man muß ihm etwas auf den Weg geben, einen besonderen Zauber, vielleicht die Gabe, unbeschadet durch feste Wände gehen zu können.

Aber dann kamen mir doch Bedenken. Was sagt die Physik dazu? Hat der Haberer Toni das überhaupt nötig? Besitzt er nicht schon zwei kräftige Beine und zwei starke Arme und vor allem Grips genug unter seinen schwarzen Haaren, um es sogar mit karierten oder gestreiften Tigern aufnehmen zu können?

Nein, habe ich mir gesagt, laß ihn einfach laufen, laß ihn selbst sehen, wie er fertig wird.

1

Der Neue saß regungslos und allein in der letzten Bank, die ihm Klassenlehrer Schulte-Karnap eilig zugewiesen hatte. Von allen Seiten beobachteten ihn erbarmungslose Augen. Viel Zeit blieb jetzt nicht mehr, schon vor drei Minuten hatte es schrill zur nächsten Stunde geläutet, Erdkunde bei Gurke.

Weshalb Gurke, der eigentlich ganz bürgerlich Eduard Hoffmann hieß, seit Menschengedenken Gurke genannt wurde, wußte mit absoluter Sicherheit niemand zu sagen. Schwerhörig und eigensinnig, war er der letzte Vertreter jener fast ausgestorbenen Gattung von Magistern, die mit Rohrstock und Hingabe die Hinterteile unserer Großväter bearbeitet haben. Ein Neuer hatte es bei ihm nie leicht.

Zum letztenmal schrillte die Schulglocke warnend durch die Flure und steigerte die hämische Vorfreude der Klasse.

Haserer oder Haberer hieß der Typ. Zu den steifneuen Jeans trug er derbe Wanderschuhe aus richtigem Leder, mit schweren Sohlen, wie sie vielleicht zur Zeit des Ritters Gottfried von Bouillon in Mode gewesen sein mochten. Seine Haare schienen von einem Dorfschmied bearbeitet worden zu sein. Schwarz, mit metallischem Glanz, stachen die kurzen Borsten in die Luft. Nur so und nicht anders konnte der berüchtigte Drei-Millimeter-Schnitt ausgesehen haben, an den sich sein Vater immer noch begeistert erinnerte, argwöhnte Rip Czupka, der Boss der Blue Tigers, und strich selbstgefällig über seine verfilzte Zottelmähne.

Toni Haberer, der Neue, dachte im Augenblick gar nichts. Wie krabbelnde Ameisen spürte er die verstohlenen Blicke auf seiner Haut, registrierte das spöttisch überlegene Abschätzen seines viel zu neuen Anzugs. Ihm war klar, die Klasse lauerte auf irgend etwas. Sollten sie! Warten konnte er auch.

Die Tür flog auf und krachte gegen den Papierkorb, der in bös-

11

artiger Absicht genau dort aufgestellt zu sein schien. Eine Flut-
welle aus zerknäultem Papier, abgebissenen Äpfeln und faseri-
gen Bleistiftspänen überschwemmte den Fußboden. Ein grau-
haariger Mann in ausgebeulten Cordhosen stürmte zum Lehrertisch, zog eine goldgerändete Brille aus der Innentasche seiner
Jacke und starrte durch die funkelnden Gläser die Schüler zorn-
bebend an.

»Ruhe!« brüllte er plötzlich und schlug dabei mit der flachen
Hand kräftig auf die leere Tischplatte. »Ich bitte mir sofort Ruhe
aus!«

Dabei hatte niemand ein Wort gesagt. Alle saßen wachsam
und regungslos. Nur vorn im Mittelgang hob der Boss der Blue
Tigers bescheiden die Hand und versuchte, Gurkes Aufmerksamkeit auf sich zu lenken.

»Was ist los, Czupka? Schon wieder deine Hausaufgaben
nicht erledigt?«

»Wir haben heute einen Neuen!«

»Interessiert mich überhaupt nicht.« Der Lehrer schüttelte ablehnend den eisgrauen Kopf. »Wenn du noch einmal den Unterricht störst, Czupka, bekommst du einen Eintrag ins Klassen-
buch!«

»Aber der ist aus Bayern!«

Bei dem Wort Bayern horchte Gurke auf. Seit Jahrzehnten verbrachte er regelmäßig seine Ferien im Gebirge, atmete in vollen
Zügen die saubere Luft, sammelte fleißig Mineralien und stritt
sich mit den Eingeborenen herum, deren Sprache er immer noch
nicht verstand. Sollte sich wirklich ein Exemplar dieser störri-
schen Bergbewohner in eine rußige Industriestadt verlaufen haben? Zuzutrauen war denen alles.

»Wer behauptet hier, aus Bayern zu kommen?« schnaubte daher Gurke angriffslustig.

In der letzten Bank erhob sich langsam und widerstrebend der
Neue.

»Wie heißt du?«

»Haberer Toni.«

Die Tonlage stimmte! Der sprach das A fast wie ein O und ließ

12

das R tief hinten in der Kehle nachgurgeln. Aber zu verstehen war natürlich nichts.

»Etwas deutlicher gefälligst, wenn ich bitten darf!« Gurke legte die Hand verstärkend hinter das rechte Ohr, um anzudeuten, daß er überhaupt nichts gehört hatte.

»Haberer Toni!«

Ein paar Mädchen kicherten schon.

»Lauter! Und deutlicher bitte! Mach deinen Mund auf!«

»Haberer Toni!« brüllte jetzt Haberer, so laut er konnte, und stampfte einen zornigen Schritt nach vorn, als müßte er seinen Namen direkt ins Ohr dieses Quälgeistes schreien.

»Raus, du Flegel!« Gurke wich vorsichtig zurück. »Scher dich hinaus auf den Flur!« Gebieterisch deutete seine knochige Hand zur Tür. Der plötzliche Angriff dieses Bergbewohners hatte ihn keineswegs überrascht. Man wußte ja aus langjähriger Erfahrung, daß die jähzornig und leicht erregbar waren. Aber dem hier würde er es schon zeigen. »Nun, wird's bald!«

Der Neue zögerte noch. Die anderen Jungen und Mädchen grinsten und kicherten. Sie kannten das. Sie wußten, was Haberer nicht wissen konnte, daß nämlich alle Auseinandersetzungen mit Gurke so zu enden pflegten. Der Widerspenstige wurde rausgeschmissen und verbrachte den Rest der Stunde, Rache brütend, auf dem zugigen Flur. Fast alle hatten dort schon gestanden.

Der Neue schlich mit schleppenden Schritten und roten Ohren den Mittelgang hinunter. Was war nur passiert? Was hatte er Falsches gesagt oder getan? Ein guter Anfang war das ganz bestimmt nicht für diese Schule. Trotzdem! Er warf den Kopf eigensinnig in den Nacken. So schnell wollte er sich nicht unterkriegen lassen.

Schadenfrohe Blicke folgten ihm, als er kurz vor Gurkes drohendem Finger gehorsam nach links zur Tür schwenkte. Czupka, der wegen bodenloser Faulheit einen Ehrenplatz in der ersten Bankreihe besaß, versuchte noch schnell, ihm ein Bein zu stellen. Aber leichtsinnigerweise hatte er Haberers derbe Wanderschuhe nicht in seine Berechnung einbezogen. Nur mühsam einen

Schmerz- und Wutschrei unterdrückend, riß er den Fuß zu spät zurück. Hoffentlich hatte niemand etwas von diesem Pech bemerkt. Natürlich, alle, selbst die Blue Tigers, grinsten ihn hämisch an. Das würde er diesem Sepp noch heimzahlen!

Dank dieses erheiternden Vorfalls bemerkten nur wenige, wie der Neue, ohne nach rechts oder links zu blicken, steifnackig auf die große Landkarte losmarschierte, die in bräunlichen Lehm- und Sandfarben den afrikanischen Kontinent darstellte, und plötzlich lautlos hinter ihr verschwunden war.

»Der ... der ist durch die Wand gegangen!« keuchte plötzlich eine vor Aufregung heisere Stimme.

Was sollte denn der Unsinn? Alle drehten sich um. In der vorletzten Bank stand hochaufgerichtet Kadi, ein magerer Junge in viel zu großem grauen Pullover mit viel zu langen ausgefransten Ärmeln, und starrte mit erschrockenen Augen zur Tür.

Wer sollte durch welche Wand gegangen sein? Boss Czupka schickte einen prüfenden Blick in die Runde. Die Klasse war vollzählig. Bis auf den Sepp. Der war draußen. Gurke hatte ihn rausgeschmissen. Ein wahnsinniger Gedanke zuckte durch Czupkas Hirn. Konnte der vielleicht ...? Quatsch, so etwas kam nur in Superschmökern vor. Da brausten Supermänner durch die Lüfte und zischten durch meterdicke Wände. Nicht im wirklichen Leben. Leider. Beruhigend tippte er an seine Stirn, und alle Blue Tigers wußten Bescheid. Der Kadi mußte übergeschnappt sein. Bei Ausländern kam das häufig vor. Kein Grund, sich aufzuregen.

Auch ein blasses Mädchen mit weizenblondem Pferdeschwanz verrrenkte sich vor Neugier fast den Hals. Wahrscheinlich hatte der Neue sich nur schnell hinter der riesigen Landkarte versteckt. Aber dann müßte man unten wenigstens seine braunledernen Füße sehen können! Nein, nichts war zu sehen. Aber das Quietschen und Schlagen der Tür hatte man auch nicht gehört. Ob sie mal mit ihren Freundinnen drüber sprach? Oder würde sie sich lächerlich machen?

In der Klasse brodelte Gekicher auf und zwang Kadi, der immer noch verstört hinter seiner vorletzten Bank stand, hastig un-

14

terzutauchen. Gurke hatte wie immer überhaupt nichts verstanden. Der grauköpfige Lehrer strahlte vor Selbstgefälligkeit und begann mit dem Unterricht, um die verlorene Zeit wieder aufzuholen. Raunende Unruhe, Geschwätz und Füßescharren störten ihn dabei. Bald würde er einen zweiten an die frische Luft setzen müssen.

Draußen auf dem zugigen Flur stand der Haberer Toni und starrte zornig durchs Fenster. Öde lag der grauasphaltierte Pausenhof im grauen Vormittagslicht. Ein Schwarm Spatzen balgte sich um die Reste von Frühstücksbroten. Selbst die Vögel wirkten in dieser großen Stadt farblos und unansehnlich, ebenso der Himmel und seine träge ziehenden Wolken. Die schienen einen nieselnden Dauerregen in sich zu tragen.

»Verflixt!« Der Toni schlug mit der gebräunten Faust heftig auf die steinerne Fensterbank und verzog dann schmerzhaft das Gesicht. Er mußte sich zusammenreißen! Das heimatliche Dorf und die alten Freunde waren weit weg. Daran ließ sich nichts ändern. Und hier in der Stadt wartete nur die leere, düstere Wohnung, weil die Mutter jetzt arbeiten mußte, weil Vater jetzt tot war, weil es im Dorf keine Arbeit gab für eine zugereiste Lehrersfrau, weil ...

Schritte hallten auf den schmutziggelben Fließen. In gemessenem Gang näherte sich ein beleibter Mann, nickte wohlwollend und blieb dann, die Hände hinter dem Rücken verschränkt, breitbeinig mitten im Flur stehen. »Fehlt dir etwas?«

»Nein«, muffelte Haberer.

»Aber?«

Eine ziemlich blöde Frage, wenn es überhaupt eine Frage sein sollte. Unversehens fiel Haberer ein, daß er auch gar keine Antwort wußte. Weshalb stand er hier draußen? Was hatte er angestellt? Wer hatte ihn hinausgeworfen? Da er nichts zu sagen hatte, schwieg er sich aus.

»Warum bist du nicht in deiner Klasse und nimmst am Unterricht teil wie alle anderen?« Das Wohlwollen auf dem neugierig fragenden Gesicht blieb beständig, das Lächeln hatte sich in rötlichen Kummerfalten verloren.

15

»Der hat mich rausgeschmissen!« Eine zornige Handbewegung deutete zur Tür.

»Wer hat dich rausgeschmissen?«

»Weiß nicht.«

»Das ist doch wahrhaftig die Spitze!« Vor Staunen und Empörung wippte der beleibte Herr auf den Zehenspitzen. »Du kennst deine Lehrer nicht?«

»Gurke haben ihn die anderen genannt. Aber ich weiß nicht, ob das so stimmt, ich bin neu.«

»Herr Gurke? Mir nicht bekannt. Muß wohl einer der jüngeren Kollegen sein. Die Schule wird ja auch immer größer.« Er seufzte ein bißchen. Das Wohlwollen erstarb und machte einem düsteren Ernst Platz. »Du gehst jetzt sofort wieder hinein, setzt dich auf deinen Stuhl und beteiligst dich am Unterricht. Bestell diesem Herrn Gurke einen freundlichen Gruß von mir.«

»Und wenn er mich dann wieder hinauswirft?«

»Keine Angst, das wird er sicherlich nicht tun. Vorsichtshalber warte ich hier eine Weile.«

Zögernd setzte sich Haberer in Bewegung, schritt an dem immer noch breitbeinig dastehenden Herrn vorbei, öffnete die Tür zum Klassenzimmer, horchte kurz hinein und zog die Tür sorgfältig hinter sich ins Schloß, fast lautlos.

Das mußte und konnte nur ein Irrtum sein! Wie betäubt starrte Theodor Bley, Direktor der Johannes-Gutenberg-Schule, auf das gelbgetünchte Mauerwerk. In diesem Haus wurden doch Türen und Fenster nur krachend zugeschlagen, daß die Wände bis zu den Grundfesten bebten. Unbegreiflich!

Hinter der gelbgetünchten Mauer wurde gerade Wissenswertes über die große Wüste Sahara abgefragt. Hilflos fuchtelte der lange Zeigestock in Czupkas Hand über den nördlichen Teil der gewaltigen Landmasse Afrikas. Er sollte wichtige Gebirgszüge beim Namen nennen und ihre Lage andeuten. Dabei wußte doch jeder halbwegs intelligente Mensch, daß es in einer Wüste keine Gebirgszüge gibt, nur Palmen und Sand, sonst nichts. Czupka war darüber genau unterrichtet, weil er jede Woche mindestens dreimal ins Kino ging. Auf solche blöden Fragen fiel er nicht

mehr rein. Da mußte sich Gurke schon einen Dümmeren suchen.
»Keine Ahnung, wie?« Gurkes Stimme krächzte vor Hohn.
»Wer kann es ihm zeigen?«

In diesem brenzligen Augenblick, als alle die Köpfe bescheiden wegduckten, tauchte doch wahrhaftig der bayrische Sepp wieder auf. Selbst dem mit allen Wassern gewaschenen Boss der Blue Tigers stockte für eine bange Schrecksekunde der Atem. Plötzlich spürte er den Schatten in seinem Rücken. Keine Tür hatte gekracht, keinen Schritt hatte man gehört. War der Neue überhaupt draußen gewesen? Und wie war er in seinen derben Schuhen so lautlos wieder hereingekommen? Irgend etwas stimmte da wirklich nicht. Czupka fing an zu grübeln.

»Na, wer weiß es? Wer kann es diesem Dummkopf sagen?«
Auffordernd spähte Gurke über die weggeduckten Köpfe. Als er sich kopfschüttelnd wieder zur Karte wandte, bemerkte er endlich den Neuen. »He, du bist doch ein Gebirgler! Du mußt es wissen! Zeig es dem Esel mal!«

»Aber in der Wüste gibt es überhaupt keine Berge, kann es ja gar keine geben«, maulte, schon auf dem Rückzug in die sichere Bank, der verstörte Chef der Blue Tigers.

»Selbstverständlich gibt es welche!« Haberers Finger fuhr suchend über die Karte. Was verstanden denn diese Stadtmenschen von Felsen und Gebirgen! Nicht die Bohne! Schnell hatte er das Dunkelbraun im lehmigen Gelb gefunden. »Hier im Nordwesten an der Küste der Atlas, weiter zur Mitte hin der Ahaggar und östlich davon . . .«, er zögerte nur kurz, »das Bergland von Tibesti.«

»Stimmt genau, stimmt ganz genau!« bellte Gurke erfreut. »Eine ordentliche Leistung. Setz dich.«

Dieser dämliche Pauker hat nicht einmal gemerkt, was da passiert ist, dachte Czupka verächtlich. Drohend schielte er hinter den steifen Jeans und den schweren Lederschuhen her, die gerade an ihm vorbeikamen. Diesen Sepp, den kauf ich mir! Der wird sich wünschen, nie von seiner Alm heruntergestiegen zu sein!

Diesmal versuchte Quast, dem Neuen ein Bein zu stellen.

Gurke bemerkte es zufällig und bekam vor Zorn fast einen Erstickungsanfall.

»Raus, du unverschämter Flegel!« brüllte er mit hochrotem Kopf. »Scher dich vor die Tür!«

Überlegen grinsend und lässig erhob sich der zweite Mann der Bande von seinem Stuhl. Doch seine blinzelnden Augen verrieten Unsicherheit. Was war denn nur heute los? Seit Monaten hatten sie doch die Klasse fest im Griff. Was die Blue Tigers dachten, taten und sagten, war eisernes Gesetz. Aber an diesem Morgen ging alles schief. Schon kicherten in den hinteren Reihen einige mitleidslos. Vergeblich versuchte er, den Blick seines Chefs einzufangen. Der schien genug mit sich selbst zu tun zu haben.

»Wird's bald!« bellte Gurke, der sich bis auf zwei Schritte genähert hatte.

Betont langsam schob sich Quast hinter seinem Tisch hervor, stolperte plötzlich und taumelte an dem Lehrer vorbei. Hatte wirklich jemand gewagt, ihm ein Bein zu stellen? In seiner Verwirrung nahm er denselben Weg, den auch der Neue gegangen sein mußte, und knallte nahe der Westküste Afrikas unsanft mit dem Kopf gegen die Wand. Das war schon kein Gekicher mehr, das war höhnendes Gelächter! Er tastete nach der Tür, riß sie auf und warf sie krachend hinter sich ins Schloß.

»Was spielt sich denn da drinnen ab?« fragte ein breitbeinig dastehender Herr, dessen wohlwollendes Gesicht sich bei dem schmetternden Schlag kummervoll verzogen hatte.

»Das geht sie einen feuchten Dreck an!« schrie Quast böse zurück. Unvorsichtigerweise entlud er den aufgestauten Zorn, bevor er sich den wartenden Mann genauer angesehen hatte.

»Solch einen unverschämten Ton lasse ich mir von einem Schüler der siebten Klasse nicht bieten!« erklärte aufgebracht Direktor Bley. »Moderne Erziehungsmethoden hin oder her! Du kommst jetzt auf der Stelle mit in mein Zimmer. Ich werde deinen Vater anrufen!«

2

Als es zur großen Pause läutete, verließen die Blue Tigers wie auf ein verabredetes Zeichen eilig das Klassenzimmer. Czupka verschwand als letzter, nachdem er dem Neuen noch einmal einen finsteren Blick zugeworfen hatte.

»Jetzt gehen sie in ihr Camp zur Beratung.« Ein schmächtiger Junge mit tief in die Stirn hängenden Haarfransen und grauem Pullover drehte sich zu Haberer um.

»Was wollen die beraten?«

»Wie sie dich fertigmachen können.«

Das war eine beunruhigende Nachricht. Aber eigentlich war es zu erwarten gewesen. Auch zu Hause war es regelmäßig zu wilden Raufereien gekommen, sobald ein Neuer in der Schule auftauchte. Bisher hatte Haberer allerdings noch nie versucht, sich in die Rolle des Neulings zu versetzen. Angenehm schien die weiß Gott nicht zu sein.

Der schmächtige Junge starrte ihn immer noch neugierig aus kohlschwarzen Augen an. Er wirkte unruhig und scheu wie ein stromernder Hund. Aber seine Wißbegier schien stärker zu sein als seine Furcht.

»Wie machst du das eigentlich?«

»Was?«

»Durch die Wände gehen?«

Haberer stutzte. Was sollte der Unsinn? Waren denn in der Stadt alle verrückt, Lehrer *und* Schüler? Oder steckte vielleicht etwas anderes dahinter? Er entschloß sich, das unbekannte Spiel mitzuspielen und beugte sich verschwörerisch vor.

»Durch welche Wand?«

»Rechts, hinter der Landkarte.«

»Und wann bin ich durch diese Wand gegangen?«

»Als Gurke dich rausgeschmissen hat. Plötzlich warst du verschwunden. Aber die anderen haben alle nichts gemerkt, bis ich es ihnen gesagt habe.«

Jetzt wurde Haberer vieles klar. Er hatte einen waschechten Deppen vor sich. Daran war nichts Befremdliches. Die hatte es zu Hause auch gegeben. Sie gehörten zum Dorf wie der Eiskogel und die zwiebelförmige Dachhaube von St. Agatha. Interessiert musterte er den schwarzhaarigen Jungen, den grauen Wollpullover, die ausgefransten Ärmel. »Wie heißt du?«

»Kadi. Ich bin Türke.«

Nun ja, warum sollte es in der fernen Türkei keine Deppen geben, wo sie doch hierzulande schon so zahlreich waren. Haberer blickte sich um. Der Klassenraum war fast leer. Nur zwei Mädchen machten sich vorn mit Lappen und Schwamm an der Tafel zu schaffen, wobei sie ab und zu verstohlen nach hinten schielten. Warteten die auch darauf, daß man ihn fertigmachte?

»Bringst du es mir bei?« fragte Kadi.

»Was?«

»Das Durch-die-Wand-Gehen?«

»Es ist wirklich nichts Besonderes«, behauptete Haberer und schob scharrend seinen Stuhl zurück. »Mit etwas Geschick und Übung kann jeder durch die Wand gehen . . . falls eine Tür da ist.«

Ehe der schmächtige Kadi seine Enttäuschung noch deutlich zeigen konnte, betrat Quast die Klasse. Beide Daumen in die Gürtelschlaufen seiner verwaschenen blauen Baumwollhosen gehakt, schlenderte er lässig bis zur ersten Tischreihe.

»Du sollst kommen, Sepp.«

Niemand im Raum schien sich angesprochen zu fühlen. Haberer hieß nicht Sepp, der kleine Türke hieß nicht Sepp, die beiden Mädchen schon gar nicht.

»He, du!«

»Meint der etwa mich?« Haberer erhob sich betont langsam. Das hatte ja beinah drohend und wie ein Befehl geklungen. Aber zu befehlen hatte ihm hier keiner etwas.

»Wen sonst? Und beeil dich! Sollst zum Boss kommen!« Mit diesem abschließenden Wort drehte Quast sich um und stelzte zur Tür hinaus. Geradlinig und vernünftig konnte er sich nicht vorwärtsbewegen, da seine Füße in hochhackigen Cowboystiefeln steckten, die ihn zu unnatürlich steifen Schritten zwangen. Hochhackige Cowboystiefel sind eigentlich für Reiter gedacht. Quast, der zweite Mann der Blue Tigers, besaß jedoch kein Pferd und mußte sich mühsam auf eigenen Beinen umherquälen.

»Jetzt machen sie dich fertig«, flüsterte Kadi.

»Den da«, Haberer deutete zur Tür, durch die Quast soeben stelzbeinig verschwunden war, »den schaff ich doch mit einer Hand, sogar vor dem Frühstück.«

»Das nützt dir überhaupt nichts, die kommen alle auf einmal, die ganze Bande. Geh besser gleich, dann hast du es hinter dir.«

Der kleine Türke sprach aus bitterer Erfahrung. Erst vor einem halben Jahr war er, als Neuer, das Opfer von Boss Czupkas Taktik geworden, die nicht den persönlichen Mut schätzte, sondern die zahlenmäßige Übermacht.

»Ich gehe genau dann, wenn es mir paßt«, erklärte Haberer dickschädelig. »Und gerade im Augenblick paßt es mir ganz und gar nicht.«

Kadi konnte ihn nur bewundernd anstarren. Der hatte wirklich keine Angst! Aber viel nützen würde ihm das auch nicht. Im Gegenteil, man würde ihn deshalb nur um so härter rannehmen.

Die Pause verstrich. Draußen im Camp der Blue Tigers, einem durch weiße Kreidestriche abgeteilten Winkel des Schulhofes, dem sich kein Unbefugter straflos nähern durfte, wuchsen Ungeduld und Rauflust.

»Der hat die Hosen schon voll! Der kommt nicht!« schrie Quabbel, ein ungeheuer fetter Junge, der im Sommer wie im Winter quergestreifte Pullover trug, seitdem er irgendwo gelesen hatte, daß Streifen schlank machen.

»Abwarten!« Trotz seiner zur Schau gestellten Überlegenheit fühlte sich Boss Czupka heute merkwürdig unsicher. Bislang hatten sie mit jedem Neuen kurzen Prozeß gemacht. Sie hatten ihn grün und blau geprügelt und ihm so gezeigt, wer in dieser Gegend das Sagen hatte. Besonders die jüngeren Bandenmitglieder durften sich bei solch seltenen Gelegenheiten bewähren. Und sie taten es mit Vergnügen, weil sie ja alle vor ihrer Aufnahme eine ähnliche Behandlung hatten durchstehen müssen.

»Sollen wir ihn holen?« fragte Honky, der mit seinen langen und behaarten Armen wie ein Baumaffe aussah.

»Ja! Holt ihn!« schrillte die Zicke und stampfte mit dem Fuß auf. Da sie als einziges Mädchen zur Bande gehörte, glaubte sie, sich immer besonders hervortun zu müssen.

»Seid ihr denn wirklich so dämlich?« Czupka blickte seine Blue Tigers der Reihe nach verachtungsvoll an, als wären sie nicht die berüchtigtste Gang der City, sondern lumpiger Pausenabfall vor seinen Stiefeln. »Habt ihr denn keinen Computer unter der Perücke? Denkt doch gefälligst mal nach!«

Sie dachten nach. Befehl ist Befehl! Quabbel versuchte, seine fleischige Stirn in grüblerische Falten zu ziehen, was ihm aber letztlich nur das Aussehen eines schläfrigen Bernhardiners verlieh. Honky scharrte unruhig mit dem Schuh über den staubigen Asphalt, ihm fiel ja nie etwas Gescheites ein. Schraube, der ein befähigter Bastler war und sein schrottreifes Mofa jeden Tag mindestens dreimal auseinanderbaute und wieder zusammenflickte, horchte fachmännisch einer knallenden Fehlzündung nach.

»Sag uns endlich, was du meinst, Boss.« Quast hielt nicht viel von albernen Ratespielen. Dafür war ja ein Bandenchef da, daß er den übrigen das anstrengende Denken abnahm. »Wir kommen allein doch nicht drauf.«

»Weil eure Augen von der Glotze schon ausgeleiert sind! Was ist denn da drinnen gerade passiert, als Gurke den Sepp rausgefeuert hat?«

»Er hat ihn eben rausgeschmissen«, behauptete Quast.

»Macht er doch fast jede Stunde. Ist doch jedem von uns schon einmal passiert. Auch Zicke.«

»Na endlich! Und danach?«

Blöde Frage! Niemand hatte weiter auf den Neuen geachtet. Alle hatten nur Boss Czupka angestarrt, weil der plötzlich aufgesprungen war und jammernd seinen Fuß gehalten hatte, als wäre ihm eine Straßenwalze darübergerollt.

22

»Saftsäcke! Und etwa fünf Minuten später, als der Sepp wieder hereinkam?«

Auch da hatte niemand mehr als einen flüchtigen Blick an den Neuen verschwendet. Alle Blue Tigers waren doch eifrig bemüht gewesen, ihrem Chef vorzublasen, der hilflos mit dem Zeigestock auf der Karte herumfuchtelte und keinen einzigen Gebirgszug der Sahara zu nennen wußte.

»Aber kurz vorher...« Czupka zögerte noch. Ihm wäre natürlich lieber gewesen, einer aus der Bande hätte den gefährlichen Satz ausgesprochen. Als Chef darf man möglichst keine Fehler machen. Schnell überprüfte er noch einmal die tüchtigen Helden seiner Superschmöker, die auch durch Mauern brechen und sogar durch die Lüfte brausen konnten. Solche Sachen wurden ja nicht grundlos geschrieben. Irgend etwas mußte schon dahinterstecken. Und auch der Türke hatte ja was gesehen. Czupka gab sich einen Ruck.

»Der Sepp muß mitten durch die Wand marschiert sein!«

Das war erst einmal zu verdauen. Die Blue Tigers blickten den Boss zweifelnd an. Selbst Schraube ließ sich durch diese ungeheuerliche Behauptung von weiteren interessanten Fehlzündungen ablenken. Wollte Czupka sich über seine Jungens lustig machen? Oder war er plötzlich verrückt geworden?

»Du spinnst!« erklärte Quabbel.

»Wiederhol das noch einmal, und ich brech dir sämtliche Gräten!« Das war zweifellos ernst gemeint. Quabbel wich als vorsichtiger Mensch einige Schritte zurück. Die anderen schwiegen und warteten ab. Wenn der Boss seine Launen hatte, verhielten sie sich am besten still. Durch Wände marschieren! Das passierte vielleicht in den spannenden Zukunftsschmökern. Da gab es Typen mit irrsinnigen Fähigkeiten. Aber in der Johannes-Gutenberg-Schule gab es sie leider noch nicht.

»Ich kapier das alles nicht«, murrte Honky nach einer Weile und schlenkerte streitsüchtig seine langen Affenarme. »Wir können ihn doch trotzdem verprügeln.«

»Verprügelt ihn!« kreischte die Zicke und schüttelte ungeduldig ihre roten Haarfransen.

»Was Besseres fällt euch wohl nicht ein?«

»War ja nur ein Vorschlag.«

Nein, da hatte Boss Czupka doch weitreichendere Pläne. Er dachte nämlich voraus. Er hatte Grips in seinem Schädel, wenn dieser Tatbestand auch bisher von keinem der blöden Pauker erkannt worden war. »Wir nehmen den Sepp in die Bande auf.«

»Den Sepp?«

»Den Sepp.«

Das war klar und eindeutig, da lohnte keine weitere Diskussion. Der Chef wollte es eben so. Aber noch nie, so weit sich selbst die ältesten Bandenmitglieder wie Quast und Schraube zurückzuerinnern versuchten, war jemand aufgenommen worden, ohne daß sie ihn vorher grün und blau geprügelt hatten. Sogar Zicke war nicht geschont worden, obwohl sie Czupkas Freundin war. Es gehörte einfach zum Ritual. Und auch damit war noch nichts entschieden. Der Kandidat mußte noch lange Zeit durch allerlei Hilfsdienste seine Brauchbarkeit nachweisen.

»Erlauben der Chef eine Frage?« Quabbel konnte sich bei Bedarf sehr vornehm und gewählt ausdrücken; sein Vater kellnerte in einem erstklassigen Haus.

»Schieß los!« murrte Czupka.

»Vielleicht ist der Chef so freundlich, uns nähere Einzelheiten mitzuteilen. Warum, wozu und weshalb plötzlich diese Sonderbehandlung?«

»Kann ich. Und wenn du nicht so geziert daherreden, sondern etwas nachdenken würdest, könntest du's auch.«

»Da bin ich aber gespannt.«

Boss Czupka winkte die anderen näher heran und dämpfte dann seine Stimme zu einem vertraulichen Flüstern. Er hatte seinen Jungen entscheidende Dinge mitzuteilen.

»Überlegt doch mal! Was haben wir in den letzten Wochen für Schwierigkeiten gehabt! Nur Schraube hat die Mathearbeit besser als eine Fünf geschrieben. Honky ist im Kaufhaus erwischt worden, als er ein Walkie-talkie mitgehen ließ. Quasts alter Herr schließt jetzt regelmäßig seinen Schnapskeller ab, weil er gemerkt hat, daß ein paar Flaschen fehlen.«

24

»Kann ich doch nichts für«, maulte Quast.

»Behauptet ja auch keiner.«

In dem durch Kreidestriche eingezäunten Camp der Blue Tigers verbreitete sich düstere Stimmung. Es stimmte leider alles. Das Leben hatte die Bande in letzter Zeit tüchtig gebeutelt.

»Na und?« begehrte Quabbel auf. »Was hat das denn mit diesem bayrischen Sepp zu tun?«

Honky nickte. Er sah die Zusammenhänge auch nicht. Da mußte der Boss schon etwas deutlicher werden.

»Wenn der Sepp durch Wände gehen kann, sind wir mit einem Schlag unsere Sorgen los. Der holt die Arbeitshefte nachts aus der Paukerwohnung zurück, damit uns jemand die Fehler verbessern kann. Der besorgt die Walkie-talkies gleich dutzendweise aus der Fabrik. Überhaupt alles beschafft der uns, wenn er durch Wände gehen kann.«

»Wenn!« höhnte Quabbel.

»Ich hab's mit eigenen Augen gesehn«, behauptete Czupka. »Und der Türke hat's auch gesehn!«

Die anderen guckten weiterhin zweifelnd. Natürlich wäre das eine Bombensache! Die Blue Tigers stünden ganz groß da. Keine zweite Bande in der Stadt könnte dann noch gegen sie aufkommen. Aber gab es so was wirklich? Gelesen hatten sie alle von solchen Supermännern, aber noch nie einen gesehen. Und ausgerechnet ein Typ wie dieser dämliche Sepp sollte solche Kräfte haben, wenn tüchtige Jungen wie Czupka oder Quast oder Schraube sie nicht besaßen?

»Lassen wir's doch einfach auf einen Versuch ankommen«, entschied Quabbel großspurig.

Das war die Lösung. Ein Versuch schadete nicht. Falls er mißlang, konnte man den Neuen immer noch durch die Mangel drehen. Aufgeschoben ist nicht aufgehoben.

»Mann, ich stell mir gerade das dumme Gesicht von Gringo vor, wenn ich im nächsten Diktat eine Zwei schreibe!« schrie die Zicke aufgeregt.

Die anderen nickten zustimmend. Tatsächlich würde ihr mondgesichtiger Deutschlehrer, den sie in Anlehnung an eine

Western-Serie Gringo nannten, an seinem Verstand zweifeln, wenn die Zicke in einem Diktat unter zwanzig Fehlern blieb.

Die Schulglocke schrillte zur nächsten Stunde. In dichtgeschlossenem Pulk bahnte sich die Bande ihren Weg in die Klasse zurück. Falls unvorsichtige Mitschüler so dämlich waren, ihr über den Weg zu laufen, fingen sie sich manchen rücksichtslosen Tritt und Schlag ein. Das schaffte Platz und zeigte auch erzieherische Wirkung.

»Ich knöpf ihn mir jetzt allein vor«, entschied Boss Czupka. »Ihr haltet euch erst mal zurück.« Mit wiegendem Schritt schlenderte er zur letzten Tischreihe.

»Hör zu, Sepp!«

»Was ist?« Haberer richtete sich langsam auf und verschränkte die Arme. Nach einem Angriff sah das vorläufig nicht aus. Aber man mußte wachsam bleiben.

»Wir wollen mit dir reden.«

»Dann rede.«

»Nicht hier.« Czupka blickte sich drohend in der Klasse um. Niemand sollte sich erdreisten, dieses freundschaftliche Angebot für ein Zeichen von Schwäche zu halten. »Wir unterhalten uns am Nachmittag. Bilsenstraße 12. Punkt drei Uhr. Oder bist du zu feige?«

»Angst hab ich nicht vor euch.«

»Also abgemacht!« Lässig drehte sich der Boss um, spuckte auf die Bank des Türken und nickte seiner Bande zu. Die Sache ging klar wie alles, was er persönlich in die Hand nahm.

»Ich würde nicht hingehn«, flüsterte Kadi, der den Speichel erst mit seinem grauen Pulloverärmel aufwischte, nachdem Czupka in den vorderen Reihen untergetaucht war. »Die machen dich fertig.«

»Ich bin doch kein Feigling!« erklärte Haberer, dem aber selbst bei diesen mutigen Worten nicht ganz geheuer war.

3

Nein, ein Feigling war Toni Haberer ganz bestimmt nicht. Davon wußte mancher Bauernjunge in seinem Heimatdorf ein Lied zu singen. Aber da Vorsicht nichts mit Feigheit zu tun hat, nahm er den löwenmähnigen Leo an die Leine, als er zu dem verabredeten Treffen mit den Blue Tigers aufbrach. Der Hund brauchte ohnehin jeden Tag einen langen Auslauf. Außerdem war er auf allen Wegen ein angenehmer und zuverlässiger Begleiter, der sich vor nichts fürchtete. Und in einer fremden Stadt weiß man ja nie, was einem Unerwartetes begegnen kann.

Die Einmündung zur Bilsenstraße lag nur ein Dutzend Wohnblocks entfernt. Auch mit dem lautlos trabenden Leo, der an jeder Mauerecke und an jedem Laternenmast sein Bein heben mußte, kam Toni nur fünf Minuten zu spät. Neben der Hausnummer 12 leuchtete weithin sichtbar schwarz auf weißem Grund eine abblätternde Schrift:

QUAST – BRENNSTOFFHANDEL – OEL – KOHLEN – BRIKETTS. Unter dem Schild stand Honky und bohrte sich hingebungsvoll in der Nase.

»He!« Unangenehm überrascht starrte er zuerst den Haberer, dann den pelzigen Hund mit den wachsamen Augen an. »Der darf aber nicht rein!«

»Dann geh ich auch wieder.« Befehlen ließ sich Toni von dieser langarmigen Figur überhaupt nichts. Leo knurrte zustimmend. Ihm gefiel die ganze Stadt nicht. Überall wurde er an kurzer Leine gehalten. Nirgendwo gab es richtige Bäume, und Kaninchen schon gar nicht. Früher hatte er stundenlang frei herumstromern dürfen.

Honky pfiff auf zwei Fingern schrill in die Einfahrt hinein. Aus dem Hof gellte Antwort. Nach wenigen Sekunden tauchten Quast und Czupka im Hintergrund auf.

»Er hat einen Hund mitgebracht!«

Die beiden berieten sich hastig, schielten mit wütenden Blikken auf den rötlichen Pelz. Man merkte es ihrem Gehabe deutlich an, Leo kam ungelegen. Endlich gab Czupka ein lässiges Handzeichen.

»Kannst rein.«

Der gepflasterte Hof wurde von einer schmutziggelben Ziegelmauer begrenzt. Rechts lagerten in offenen Buchten Kohlen und Briketts. Links parkte ein grüngestrichener Tankwagen vor einem Garagentor. Doch die Blue Tigers strebten eilig geradeaus. Im äußersten Winkel des Hofes war die letzte Bucht zu einem festen Camp ausgebaut worden. Nach oben schützte ein Dach aus Brettern und Teerpappe gegen Regen, vorn eine Hartfaserplatte gegen neugierige Blicke. Vor der schmalen Türöffnung hing ein löchriger Sack. Auf diesen hatte jemand mit ungeübter Künstlerhand einen grinsenden Totenkopf gemalt. Darunter stand in blutigem Rot zu lesen: *Blue Tigers – Camp I*

Quast schlug den Vorhang beiseite und ließ seinen Boss als ersten eintreten. Der Haberer sollte folgen. Mit hartem Griff zerrte er den sich heftig sträubenden Leo in das dunkle Loch. Nur allmählich gewöhnten sich seine Augen an das unruhige gelbliche Licht, das im verrußten Zylinder einer Petroleumlampe flakkerte. Es stank. Ein klebriger, stickiger Schwaden hing in dem niedrigen Raum, ein Gemisch aus kaltem Zigarettenrauch, schalem Bierdunst und Schweißgeruch aus ungewaschenen Kleidern. Leo hechelte kurzatmig. Für seine empfindliche Nase war das bestimmt unerträglich. Grellbunte Bilder schmückten die Ziegelwände: Motorräder in rasender Fahrt, grimmig blickende Cowboys, eine sonderbare Figur, die eine Art Frisierumhang trug und mit ausgebreiteten Armen durch die Lüfte flog.

»Ah!« Der gedehnte Rülpser kam von Quabbel, der mit angezogenen Knien auf einer gestreiften Matratze lag und an einer Bierflasche nuckelte.

»Paß auf, daß dir nicht wieder schlecht wird«, ermahnte ihn die Zicke mütterlich.

»Paß doch selber auf!« Das letzte Wort erstickte in einem keu-

28

chenden Hustenanfall, da Quabbel gleichzeitig trinken und reden wollte.

Boss Czupka lehnte lässig an der Wand und wartete ab, bis sich alle Blicke endlich auf ihn gerichtet hatten.

»Wir haben dir ein erstklassiges Angebot zu machen, Sepp.« Unterstreichend klatschte er sich dabei mit der Rechten auf den Oberschenkel. »Wir alle haben den Eindruck, daß du ein brauchbarer Typ bist. Deshalb darfst du ab sofort und ohne Fisimatenten in die Bande eintreten.«

Was mit Fisimatenten gemeint war, erläuterte er nicht länger. Es war auch unnötig. Außer dem Neuen wußten alle Bescheid. Die erwartungsvolle Stille dehnte sich. Nur das hechelnde Atmen des Hundes war zu hören, der heftig an seiner Leine zerrte. Leo wollte das Camp unbedingt verlassen.

»Da biste sprachlos, was?« Quabbel konnte sich das Schweigen des Neuen gut erklären. Jeder, dem solch ein verlockendes Angebot unterbreitet wurde, mußte vor Freude außer sich sein und sich für die Blue Tigers in Stücke hauen lassen. Dem Sepp erging es offenbar nicht anders.

»Das alles hier gehört dir dann auch!« Mit einer umfassenden Handbewegung, die Matratze, Bierflaschen und eine wacklige Gartenbank einschloß, versuchte Quast das Angebot noch günstiger auszumalen, obwohl das wahrhaftig nicht nötig war. »Manchmal klauen wir meinem alten Herrn ein paar Flaschen. Dann gibt's hier tolle Feten. Wirst schon sehen.«

»Richtige Orgien!« kicherte die Zicke.

»Na?«

Aus Czupkas drängender Frage hörte Leo sofort die versteckte Drohung heraus. Seine Nackenmähne stellte sich warnend auf, ein heiseres Grollen stieg aus seiner Kehle.

»Und was muß ich dafür tun?«

Das war der Punkt! Haberer wußte genau, daß man in dieser Welt nur sehr selten etwas ohne Gegenleistung bekommt, schon gar nicht von Leuten wie Czupka und Quabbel. Der Boss der Blue Tigers ging deshalb auch sofort und ohne jede Ziererei zum geschäftlichen Teil der Unterredung über.

»Wir haben uns das so gedacht . . .«

Falsche Bescheidenheit war nicht Czupkas Stärke. Der Reihe nach zählte er die dringendsten Wünsche der einzelnen Bandenmitglieder auf. Also, da war zuerst einmal Schraube. Ganz notwendig brauchte der ein neues Mofa. Das alte würde die ständige Fummelei, das Auseinanderbauen und behelfsmäßige Zusammenflicken, nicht mehr lange aushalten. Außerdem war es auch viel zu langsam. Zickes Begehrlichkeit richtete sich auf ein Paar weißer Stiefel mit goldenen Ziernähten und goldenen Sporen. Quast wünschte sich ein richtiges Schießeisen. Natürlich nur zum Üben . . .Haberers Haare standen zu Berge. Die Forderungen von Quabbel, Honky und Czupka selbst hörte er schon gar nicht mehr. In was für eine üble Sache war er da nur hineingeschliddert? Und noch viel wichtiger, wie kam er schnell und ungeschoren wieder heraus? Einbruch, Warenhausdiebstahl, am Ende noch Schlimmeres, wenn Quast erst mal mit seinem geladenen Schießeisen herumfuchtelte.

»Für dich ja alles kleine Fische«, schloß Czupka endlich seine lange Wunschliste ab. Er hatte sich regelrecht in Begeisterung geredet. Falls der Sepp spurte, brachen für die Blue Tigers goldene Zeiten an.

»Und wie soll sich das abspielen?« Toni stellte die Frage nur, um Zeit zu gewinnen. Seine Gedanken kreisten fieberhaft. Der warme Gestank löste in seinem Magen einen Brechreiz aus. Gab es wirklich nur diese beiden Möglichkeiten, für die Bande zum Dieb zu werden oder sich jämmerlich verprügeln zu lassen? Blieb noch ein anderer Ausweg?

»Nun mach aber halblang, Kumpel!« Czupkas Ton wurde schärfer. »Wir haben dich ganz genau beobachtet. So kommst du uns nicht durch die Lappen.«

»Was beobachtet?«

»Na, wie du durch die Wand marschiert bist.«

Vor Überraschung fiel Haberer die Kinnlade runter. Schon wieder dieses alberne Spiel. Das mußte ein Alptraum sein! Sicherlich lag er schlafend in seinem Bett und würde gleich aufwachen, durch das Fenster den Eiskogel mit seinen in der Morgensonne leuchtenden Schneefeldern sehen, den ersten Hahnenschrei hören ... Aber ein heftiges Zerren in seiner Hand brachte ihn in die häßliche Wirklichkeit zurück. Leo drängte mit aller Kraft zur Tür.

»Na, fällt der Groschen?« Halb drohend, halb erwartungsvoll umstand ihn die Bande. Selbst Quabbel hatte sich neugierig von seiner gestreiften Matratze gewälzt.

»Ihr seid's ja verruckt«, murmelte Toni und wich einen langen Schritt zurück. »Völlig narrisch alle miteinand!«

»Vielleicht kann er's wirklich nicht, Boss.« Quabbel hatte ja immer seine Zweifel gehabt, sie nur schlau und vorsichtig für sich behalten. »Du wirst dich getäuscht haben. Kommt schon mal vor.«

»Das werden wir sofort sehen!« Mit einem Sprung stand Czupka in der schmalen Türöffnung. »Hier kommt er nur auf zweierlei Art wieder heraus, entweder durch die Wand oder durch diese Tür. Und vor der Tür steh ich.« Zur Bekräftigung spuckte er auf den schmutzigen Boden.

Das war das Signal für Leo. Ohne Geknurr oder Gekläff, lautlos, wie es den Kampfgewohnheiten seiner Rasse entsprach, fiel er den Boss der Blue Tigers an und grub seine scharfen Fangzähne in Czupkas herabhängenden Arm.Toni sah noch, wie sich das Gesicht seines Gegners vor Überraschung und Schmerz verzerrte, wie der rückwärtstaumelte, dann war schon die ganze Bande über ihm. Er keilte um sich, konnte aber in dem wilden Geknäule seine Fäuste kaum gebrauchen. Harte Schläge trafen seinen Rücken, seinen Kopf. Ein dumpfer Schrei ließ ihn aufhorchen. Am Rande des Kampfgetümmels schien Leo ganze Arbeit zu leisten.

Plötzlich bekam Toni für einen Augenblick Luft, schleuderte einen Blue Tiger zur Seite, stolperte, rappelte sich blitzschnell wieder auf und stürzte durch die schmale Öffnung hinaus. Rasend trommelten seine Ledersohlen über das holprige Hofpflaster, hallten in der düsteren Toreinfahrt. Der Hund jagte in weiten Sätzen voraus. Erst auf der Straße merkten sie, daß ihnen niemand gefolgt war. Vielleicht hatten die Blue Tigers für heute

31

die Nase voll. Aber ganz bestimmt nur für heute. Er gab sich keinen falschen Hoffnungen hin.

»Komm her, Leo!« Mitten auf der nassen Fahrbahn kniete Toni nieder und preßte sein atemloses Gesicht in das wollige Fell. »Am liebsten würde ich dich ja morgen früh mit zur Schule nehmen, denn da werden sie mir unterwegs auflauern. Aber dir gefällt's in der Schule wahrscheinlich nicht. Und es hat ja auch gar keinen Zweck.«

Leo schickte einen mißtrauischen Blick in Richtung Tordurchfahrt. Verächtlich ließ er einen Fetzen Stoff fallen, den er bis jetzt in seinen Zähnen gehalten hatte. Es war dunkelgrüner Cord. Und dunkelgrünen Cord, daran erinnerte sich Toni ganz genau, hatte es im Camp der Blue Tigers nur an Quasts Hose gegeben.

Am nächsten Morgen musterte ihn der Türke Kadi mit deutlich sichtbarer Enttäuschung. Argwöhnisch wölbten sich seine schwarzen Augenbrauen.

»Haben sie dich fertiggemacht?«

»Seh ich so aus?«

Nein, der Neue sah wirklich nicht so aus. Er schien völlig unbeschädigt. Weder Schrammen noch Beulen waren zu entdecken. Nur ein paar unbedeutende blaue Flecke. Die Blue Tigers dagegen wirkten ziemlich mitgenommen. Boss Czupka trug einen schmuddeligen, weißen Verband um das rechte Handgelenk. Quabbels grüblerische Stirn wurde durch ein gelbes Pflaster verschönert. Quasts Hose wies am Hinterteil einen grasgrünen Flicken auf.

»Bist du überhaupt hingegangen?«

»Bin ich ein Feigling?«

Immer diese albernen Gegenfragen! War der wirklich so dumm oder verstellte er sich nur? Mißtrauisch starrte der kleine Türke Kadi dem Neuen ins Gesicht. Aber kein Blinzeln, kein verräterisches Lidzucken gab einen eindeutigen Hinweis. Und da jetzt auch der Unterricht begann, mußte er sich eine knappe Stunde lang auf seine eigenen Angelegenheiten konzentrieren, den Wert einer Kuh berechnen, die in drei Jahren sechstausendfünfhundert Liter Milch geben würde, den Liter zu siebenundachtzig Pfennigen ... Aber immer wieder schweiften seine Gedanken ab. Mit diesem Neuen stimmte etwas nicht. Doch er würde ihm schon auf die Schliche kommen. Wäre ja gelacht!

Auch Haberer war durchaus nicht so ruhig und gelassen, wie er sich zu geben suchte. Selbst der milchgebenden Kuh gelang es nur für kurze Zeit, sein Interesse zu fesseln. Was verstanden diese Städter denn schon von Kühen und wieviel Milch die gaben! Dann irrten seine Blicke von der Tafel ab und fanden den breiten Rücken von Czupka oder den roten Haarschopf von Honky. Er wußte genau, daß die Bande Rachepläne ausbrütete. Aber wann und wo würden sie zuschlagen? Wahrscheinlich in einer der nächsten Pausen.

Die Stunden liefen gleichmäßig ab. Die scheppernde Schulglocke läutete die Pause ein und beendete sie pünktlich. Nichts geschah. Die Blue Tigers verhielten sich, als wäre der Neue für sie Luft. Einem aufmerksamen Beobachter wäre vielleicht aufgefallen, daß sie heute nicht ganz so lärmend und streitsüchtig herumtobten wie an anderen Tagen. Doch wer verwandte schon mehr Interesse auf die Blue Tigers als unbedingt nötig.

Nach dem Ende der letzten Stunde wurde Toni noch einige Minuten zurückgehalten. Klassenleiter Schulte-Karnap brauchte ein paar persönliche Daten für die Kartei.

»Beruf des Vaters?«

»Lehrer.«

»Aha, ein Kollegensohn. An welcher Schule?«

»An keiner Schule. Er ist tot.«

»Das tut mir leid. Dann lebst du hier also mit deiner Mutter allein?«

Mit wem sollte er denn sonst zusammenleben? Es waren immer dieselben Fragen, die von Erwachsenen gefragt wurden. Antworten darauf gab es meistens nicht.

»Alles Gute also für den Anfang.«

»Danke.«

Als er endlich auf den regennassen Hof hinaustrat, war weit und breit niemand mehr zu sehen. Vorsichtig blickte er sich nach allen Seiten um. Nein, hier lauerte keiner auf ihn. Wachsam schlich er die Ziegelmauer entlang, spähte vorsichtig um die Ecke, überquerte die mittagsstille Straße. Wo steckten die bloß?

Als drei Kreuzungen weiter immer noch nichts passiert war, fühlte er sich schon halbwegs sicher und beschleunigte seine Schritte. Der Nieselregen war zu einem kräftigen Schauer geworden, aber wen kümmerte das jetzt? Im Schutz der vorspringenden Hausdächer und Balkone blieb man ohnehin ziemlich trokken.

Sie überfielen ihn erst an der Einmündung zur Bilsenstraße. Plötzlich sprang ihn jemand aus dem düsteren Schatten einer Toreinfahrt von hinten an. Dem Gewicht nach mußte es Quabbel sein. Und bevor er diesen ersten Angreifer noch packen und abschütteln konnte, waren auch schon die anderen da, zerrten an seinen Armen und drängten ihn gegen die Wand. Breitbeinig, beide Daumen in die Gürtelschlaufen seiner Hose gehakt, baute sich Boss Czupka vor ihm auf.

»Na, Sepp?« Er grinste hämisch. Sein Ausruf war auch gar nicht als Frage gedacht, sondern als triumphierende Feststellung. Die Bande hatte ihr Opfer.

»Feiglinge!« höhnte Haberer. »Fünf gegen einen!« Aber seine Ehrbegriffe galten bei den Blue Tigers nicht.

»Sechs«, kreischte auch sofort die Zicke. »Ich bin genausogut wie die andern, wirst schon sehn.«

Der unerwartete Schlag betäubte ihn fast. Er traf unterhalb des rechten Auges und ließ seinen Hinterkopf gegen die Hauswand prallen. Auch dem zweiten Hieb gegen das Nasenbein konnte er nicht mehr ausweichen. Czupka verstand etwas vom Prügeln, er war nicht ohne Grund Boss der Bande.

Dann trat ihm Quast seitwärts in die Beine. Haberer stürzte auf den nassen Gehweg. Bevor er sich wieder aufrichten konnte, droschen alle auf ihn ein. Schmerzhaft spürte er die Fußtritte an Hüfte und Rippen. Einmal bekam er einen Schuh zu fassen, mußte ihn aber schnell wieder freigeben, um wenigstens sein Gesicht zu schützen.

»Wollt ihr wohl!«

34

Sie ließen nur zögernd von ihm ab. Haberer saugte frischen Atem in die keuchenden Lungen und öffnete mühsam das rechte Augenlid. Eine ältere Frau stand da im Regen und drohte der Bande mit ihrem Schirm.

»Geh nach Hause, Muttchen!« forderte Quabbel sie gönnerhaft auf. »Koch dir einen guten Kaffee und kümmere dich um deine eigenen Angelegenheiten.«

»Du ungewaschener Bengel!«

Böse piekte sie ihn mit der Schirmspitze in den fetten Bauch, so daß er hastig zurückwich.

»Hau ab, Oma!« knurrte jetzt auch Czupka. »Hau ab oder wir machen dir Beine!«

Auf seinen wütenden Wink trat die Zicke vor und versuchte, die alte Frau beiseite zu schieben.

Schwer atmend rollte sich Toni zur Hauswand, um mit dieser Stütze wieder auf die Beine zu kommen. Würden die es wirklich wagen... Aber er konnte den häßlichen Gedanken nicht zu Ende denken. Die Frau besaß Mut genug, es auch mit einer ganzen Bande aufzunehmen. Blitzschnell drehte sie sich um und schlug der Zicke den nassen Schirm ins Gesicht. Das nächste Opfer war Boss Czupka selbst. Obwohl der Schlag nicht sehr heftig gewesen sein konnte, reichte er aus, den Anführer der Blue Tigers zurückzutreiben.

»Schafft mir die Alte vom Hals!« brüllte er in ratlosem Zorn seine Leute an.

Aber die zögerten. Was sollten sie denn gegen diese außer sich geratene Frau unternehmen? Schließlich tat der Chef ja auch nichts.

»Gib's ihnen, Großmutter, gib's ihnen!« schrillte eine helle Stimme.

Toni, halb aufgerichtet, blickte nach rechts und sah ein Paar spindeldürrer Beine, die eine Handbreit oberhalb der Knie in einem blau-grünen Schottenrock verschwanden. Die dazugehörigen Füße tanzten aufgeregt spritzend in einer Regenpfütze herum.

»Los, hauen wir ab!« Czupka hatte sich für den lautlosen

Rückzug entschieden. In Gegenwart von Zeugen ließ sich sowieso nichts mehr machen.

»Aber wir kommen wieder, Sepp!« Honky trat dem Neuen noch einmal gegen das Schienbein. »Verlaß dich drauf!«

»Mach schon mal dein Testament!« gab auch die Zicke ihren Senf dazu.

Im Zotteltrab rannte die Bande davon und verschwand schnell hinter der nächsten Ecke. Ganz außer Atem blickte ihnen die alte Frau nach. Bekümmert schüttelte sie den Kopf.

»Richtige Wegelagerer sind das ja schon.«

Dann beugte sie sich besorgt zu Toni hinunter, der schon wieder in sich zusammengesackt war. Seine sonst so kräftigen Beine hatten keine Kraft mehr. Im Mund schmeckte er den leicht metallischen Geschmack von frischem Blut. Die Nase war zerschrammt und schwoll an. Mit der Zungenspitze tastete er die Zähne ab. Gott sei Dank, da war nichts kaputt.

»Brauchst du einen Arzt?«

»Nein«, krächzte Toni und schien selbst vom heiseren Klang seiner Stimme überrascht zu sein.

»Kannst du aufstehen, wenn wir dich stützen?«

»Natürlich.«

Er versuchte es sofort, mußte sich aber gleich wieder mit dem Rücken an die Mauer lehnen. Vor seinen Augen tanzten rote und schwarze Bälle wirr durcheinander. Hilflos und lächerlich kam er sich vor.

»Faß an, Babette!« Sie winkte dem spindelbeinigen Mädchen, das bisher nur abwartend zugeschaut hatte. »Nimm seinen linken Arm. Dann wird's schon gehen.«

Zuerst bewegten sie sich nur langsam und ruckweise vorwärts. Aber mit jedem Schritt wurde er sicherer und konnte seine Füße fester aufsetzen. Kopf und Rippen dagegen schmerzten immer stärker. Da schien er ordentlich was abgekriegt zu haben. Er unterdrückte ein Stöhnen.

»Nur noch drei Häuser«, ermunterte ihn die Frau. Das Mädchen griff seinen Arm fester. Sie war viel kleiner als er. Toni blickte auf einen straffgekämmten weizenblonden Haarschopf hinab, der hinter einer blauen Schleife in einem wippenden Pferdeschwanz auslief.

Die Treppe bereitete ihm noch einmal Schwierigkeiten. Weil die Stufen ziemlich schmal waren, mußte er sich ohne fremde Hilfe selbst am Geländer emporhangeln. Die Luft im Flur roch warm und abgestanden. Viel Sauerstoff enthielt sie bestimmt nicht. An der zweiten Biegung hielt er kurz an, um sich auszuruhen. Sein Herz hämmerte. Salziger Schweiß tropfte über die Brauen in die Augen. Er fühlte sich schmutzig, zerschunden und ausgelaugt.

»Da sind wir ja endlich«, sagte die Frau, indem sie einen Schlüsselbund aus der Manteltasche zog. Auch sie war durch die Kletterei außer Atem und stieß die Luft in raschen, pfeifenden Stößen aus.

Im Wohnzimmer ließ Toni sich erleichtert in einen ächzenden Plüschsessel fallen. Das Mädchen Babette brachte ein Glas Wasser. Er trank gierig. Es kühlte, aber sein Kehlkopf schmerzte beim Schlucken.

»Diese Banditen!« schimpfte die alte Frau noch einmal. Sie hatte ihren Mantel achtlos auf einen Stuhl geworfen und kam jetzt mit einem nassen Lappen, um Toni über Gesicht und Stirn zu wischen. Der Lappen färbte sich leicht rot.

»Wie fühlst du dich nun?« Warme braune Augen musterten ihn besorgt aus einem runzligen Apfelgesicht.

»Es geht schon wieder.« Dankbar streckte er sich aus und genoß die Kühle auf seiner Stirn.

»Was denken die sich denn dabei?« fragte die alte Frau.

»Nichts«, sagte Babette. »Die verprügeln jeden. Es macht ihnen einfach Spaß.«

»Kennst du sie etwa?«

»Die Blue Tigers? Die kennt doch jeder.«

»So? Ich zum Beispiel kenne sie nicht. Und ich will sie auch gar nicht näher kennenlernen.«

»Die sind alle in meiner Klasse.«

»Das ist noch lange kein Grund, zu fünfen über einen einzelnen herzufallen.«

»Jeden Neuen machen die Blue Tigers fertig«, behauptete Babette ernsthaft.

»Welchen Neuen?«

»Den da zum Beispiel.«

»Kennst du den auch?«

»Natürlich. Aber noch nicht so gut. Er ist erst seit gestern in unserer Klasse.«

Toni horchte auf. Nein, dieses hellhäutige Mädchengesicht mit der sommersprossigen Nase hatte er noch nirgendwo gesehen. Allerdings hatte er in den letzten drei Tagen auch zu viele fremde Gesichter gesehen, an alle konnte er sich wirklich nicht erinnern. Plötzlich wurde er verlegen, weil Babette ihn so abschätzend musterte.

»Warum bist du nicht einfach abgehauen?« fragte sie in vertraulichem Ton.

»Wie denn?«

»Einfach durch die Wand.«

»Was?«

»Durch die Mauer hinter dir. Du wärst genau in der Küche von Schulzes gelandet. Und die Blue Tigers hätten ganz schön dumm aus der Wäsche geguckt.«

Die Vorstellung von Boss Czupkas glasig erstauntem Blick entlockte ihr ein Kichern.

Mit einer hilflosen Bewegung ließ Toni den schon wieder warmen Lappen von der Stirn rutschen. Was war denn nur in dieser Stadt los? Jetzt tischte ihm doch zum drittenmal jemand die dämliche Geschichte vom Durch-die-Wand-Gehen auf. Was sollte das? Waren die hier alle verrückt? Oder hielt man am Ende ihn für blöd, weil er aus einem abgelegenen Dorf kam? Aber auch in der Dorfschule lernte man Physik und wußte, daß ein fester Körper nicht durch einen anderen dringen kann. Solche Geschichten passierten nur in billigen Comics. Natürlich wurden die in einem bayrischen Dorf auch gelesen, nur mit dem Unterschied, daß man nicht alles glaubte, was darin stand. Hier in der Stadt schien das anders zu sein.

»Was redest du denn da für ein dummes Zeug, Babette?« wunderte sich sogar die Großmutter. »Man muß ja annehmen, du hättest einen Schlag auf den Kopf bekommen.«

»Man darf doch wohl mal einen Witz machen!« murmelte das Mädchen ärgerlich. In der Klasse saß sie direkt hinter Quabbel und hatte ein paar merkwürdige Andeutungen aufgeschnappt. Aber niemand beachtete den Einwand. Toni versuchte, sich aus dem Plüschsessel aufzurichten. Es ging schon ganz gut. Vorsichtig humpelte er, sich an Tisch und Stühlen abstützend, zum Fenster. Auch der dröhnende Kopfschmerz hatte ein wenig nachgelassen. Die alte Frau hantierte unterdessen klappernd mit Tellern und Besteck.

»Das Mittagessen fällt heute aus«, verkündete sie. »Ich habe uns schnell einen heißen Tee gekocht, und ein halber Apfelkuchen ist auch noch da.«

Plötzlich wurde Toni sich seines bohrenden Hungers bewußt. Seit dem Frühstück um sieben hatte er ja nichts mehr gegessen. Wie sollte man dabei zu Kräften kommen? Ein halber Apfelkuchen konnte zwar einen ordentlichen Schweinebraten nicht ersetzen, war aber besser als gar nichts. Eilig humpelte er zum Tisch zurück. Beim Kauen mußte er noch sehr vorsichtig sein. Links schmerzte es mehr als rechts.

Babette mümmelte lange an ihrem ersten Kuchenstück herum. Auch der Tee in ihrer Tasse wurde kalt. Den Kopf in die Hand gestützt, brütete sie schweigend vor sich hin. Dann fing sie seinen forschenden Blick auf. Was wollte der denn noch? Mehr als entschuldigen konnte man sich doch beim besten Willen nicht. »Ich glaub ja auch nicht dran. Aber einer aus der Klasse will es genau gesehen haben.«

»Gibt's denn so was?« Die Großmutter mußte sich schon wieder wundern. Da schickte man ein Mädchen sieben Jahre in die Schule, damit sie etwas Gescheites lernte, und jetzt redete es so dummes Zeug daher. »Wer hat das behauptet?«

»Der Kadi. Ein Türke.«

»Nun, in der Türkei mag es solche Sachen vielleicht geben, bei uns jedenfalls nicht«, erklärte die Großmutter und schielte mit funkelnden Augen auf das großblumige Rosenmuster der Wohnzimmertapete. Vielleicht wäre sie ganz gern mal durch die Wand gegangen, nur um zu sehen, was ihre Nachbarin, die alte Brysalski, gerade trieb.

Babette kaute auf ihrer Unterlippe und ärgerte sich. Was konnte sie denn dafür, wenn andere Leute Unsinn redeten? Und warum starrte der Neue sie so herausfordernd an? Erst half man ihm aus der Tinte, und jetzt spielte er sich schon auf. Sie schob den Kuchenteller beiseite, blickte gelangweilt zum Fenster und folgte aufmerksam dem Verhör, das Großmutter gerade mit dem Gast anstellte.

»Du bist wohl aus Bayern?«

»Ja«, antwortete Haberer unwirsch. Er hatte die Geschichte in den letzten Tagen zu oft erzählen müssen.

»Aha. Und jetzt wohnst du hier in der Stadt?«

»Ja.«

Sie war eine beharrliche alte Frau. Man mußte ihr alles haargenau berichten: daß der Vater vor zwei Monaten gestorben war, daß die Mutter in ihrem alten Beruf arbeiten wollte, daß sie deshalb nach vierzehn Jahren wieder in ihre Heimatstadt zurückgekehrt war.

»Gab es denn bei euch nichts zu arbeiten?«

»Nicht im Büro.«

»Hast du Geschwister?«

Nein, Geschwister hatte Toni keine, nur den Hund. Aber das war wohl genauso gut.

»Es ist fast wie bei Babette«, seufzte die Großmutter nach einer Weile. »Ihre Eltern sind im vergangenen Jahr mit dem Auto verunglückt. Jetzt lebt sie bei mir. Wenn du Lust hast, schau mal vorbei. Ihr könnt eure Hausaufgaben gemeinsam machen.«

»Wenn sie mag.«

»Natürlich mag sie. Oder, Babette?«

»Hab ich doch schon gesagt.«

»Ich habe nichts gehört.«

»Weil du schwerhörig bist.«

»Sei nicht so frech.«

»Alle alten Leute sind schwerhörig.«

40

»Ich glaub, ich muß jetzt gehen«, sagte Toni eilig, da er befürchten mußte, daß schon wieder ein überflüssiges Gezanke
ausbrechen würde.

»Traust du dir zu, allein nach Hause zu laufen?« fragte die
Großmutter. »Oder soll einer mitkommen?« Sie stand auf, be-
dachte Babette mit einem strengen Blick und nahm ihre buntge-
musterte Schürze ab.

»Nein, es geht schon.«

»Wirklich?« Besorgt folgte sie ihm, als er langsam zur Tür
humpelte und beim Griff zur Klinke vor Schmerz zusammen-
zuckte. Hoffentlich war keine Rippe gebrochen.

»Ich komm schon zurecht. Und vielen Dank nochmals für die
Hilfe und für den Apfelkuchen.«

»Nichts zu danken. Besuch uns wieder.«

Er blickte in ihre freundlichen braunen Augen und lächelte zurück. Babette hatte ihm das blau und grün karierte Hinterteil zu-
gewandt, starrte unversöhnlich zum Fenster. Dann wurde eben
nichts aus gemeinsamen Hausaufgaben! Die Tür fiel zu. Er stand
allein im Treppenflur.

Ob sie ihm wohl draußen auf der Straße auflauerten? Nein,
Gehweg und Asphalt glänzten leer unter schrägfallendem Regen.
Die Hauseingänge wirkten verlassen. Im Augenblick drohte
keine Gefahr. Aber in den nächsten Tagen würde er sich gewaltig
vorsehen müssen. Nicht immer waren mutige Helfer wie Leo
oder Babette mit ihrer streitbaren Großmutter zur Stelle. Toni begann zu frieren, als er an den nächsten Morgen und den langen
Schulweg dachte. Energisch schlug er den Kragen seiner Jacke
hoch und hinkte durch die wie gewaschen funkelnden Straßen
nach Hause. Die Mutter hatte bald Büroschluß. Es ging schon
auf vier.

4

Ganz gegen seine Gewohnheiten trödelte Toni beim Frühstück am nächsten Morgen. Die Mutter war schon seit einer halben Stunde aus dem Haus, die heiße Milch bis auf den letzten Tropfen ausgetrunken. Er aber saß wie festgewachsen und schob mit dem rechten Zeigefinger Brotkrümel über das blauweiß gewürfelte Tischtuch. Selbst Leo fing an, sich zu wundern. Er verließ seine Decke neben der Wohnzimmertür, drehte sich dreimal um sich selbst, stakte dann steifbeinig herbei, um seinen Herrn aus samtbraunen Augen fragend anzublicken. Brauchte der vielleicht Hilfe?

»Es ist besser, ich komme heute ein paar Minuten zu spät«, versuchte Toni zu erklären. Natürlich verstand Leo den Zusammenhang nicht. Trotzdem legte er sich zufrieden schnaufend wieder an seinen Platz.

Im Grunde ließ sich die Geschichte in wenige Worte fassen. Toni hatte Angst. Angst vor dem langen Schulweg durch feindliche Straßen. Todsicher würden die Blue Tigers ihm auflauern. Und fast ebenso sicher würde heute keine Großmutter oder irgendein anderer freundlicher Engel zur Hand sein, um ihn aus der Patsche zu hauen. Es gab offenbar nur diese zwei Möglichkeiten, sich verprügeln zu lassen oder zu spät zu kommen. Und auch das schien kein Ausweg auf lange Sicht. Man kann sich nicht ungestraft über Tage und Wochen hin verspäten. Außerdem blieb ja immer noch der nicht weniger gefährliche Heimweg. Toni seufzte und schob seinen Stuhl zurück. Die Uhr zeigte sechs Minuten vor acht. Höchste Zeit also, auch wenn er zu spät kommen wollte. Er griff nach der Tasche, schlenderte widerstrebend zur Tür. Sehnsüchtig blickte ihm der Hund nach.

Die Straße war leer, weit und breit kein rennender Schüler mehr zu sehen. Nur schwarze Mülltonnen drängten sich am

Rand des Bürgersteigs und verbreiteten einen säuerlich fauligen Geruch. Auch der Schulhof wirkte wie frisch gefegt. Aus einem geöffneten Klassenfenster drang plärrender Gesang.

Der Unterricht hatte bereits begonnen, als Toni nach zaghaftem Klopfen die Tür einen Spalt weit öffnete. Drei Dutzend Gesichter wandten sich ihm neugierig zu. Auf den meisten lag ein verächtliches Grinsen. Die wußten alle ganz genau, weshalb er jetzt erst erschien.

»Aha, der Neue!« rief Herr Bergmeier erstaunt. »Und schon am dritten Tag zu spät. Das fängt ja gut an.«

»Wahrscheinlich hat er heute morgen seinen Dorfhahn nicht krähen hören«, äußerte sich ein Witzbold im Hintergrund.

»Oder er hat die Hosen voll!« schrie Quast in den vorderen Bänken.

»Dann beweis du mir mal, daß du keine Angst vor der nächsten Aufgabe hast«, unterbrach Herr Bergmeier das aufflakkernde Gelächter. »Haberer, setz dich schleunigst auf deinen Platz. Quast, bitte an die Tafel.«

Obwohl ihm in den folgenden Minuten überhaupt keiner Aufmerksamkeit schenkte, denn Quast bot mit seinen sonderbaren Rechenkünsten ein viel unterhaltsameres Schauspiel, fühlte sich Toni ziemlich erbärmlich. Alle schienen zu wissen, daß er Angst hatte. Da war es schon besser, die Sache durchzustehen, sich einmal verprügeln zu lassen und danach seine Ruhe zu haben. Einen anderen Ausweg sah er jedenfalls nicht. Und bis zur Pause fiel ihm auch keiner ein.

»Heute mittag«, flüsterte Kadi, der sich nach dem Klingelzeichen sofort auf seinem Stuhl umgedreht hatte, »heute mittag machen sie dich fertig.«

»So'n Quatsch!« Babette hatte den bedrohlichen Satz mitgehört. Sie schob Bücher und Hefte zusammen und schwang sich mit einem kurzen Ruck auf den Tisch. »Wir haben sie gestern nachmittag fertiggemacht, meine Großmutter und ich!«

»Du wirst schon sehen«, beharrte der kleine Türke, der das siegreiche Gefecht mit dem nassen Regenschirm ja nicht miterlebt hatte.

»Gar nichts werde ich sehen! Aber die Blue Tigers können was erleben, wenn sie sich noch mal mausig machen!« Ihre Augen funkelten vor Begeisterung. Sie schlug Kadi so heftig auf die Schulter, daß er beinahe vom Stuhl gerutscht wäre. »Ich hab nämlich eine tolle Idee!«

Toni zeigte sich überhaupt nicht interessiert. Er hielt nicht viel von Ideen, die sozusagen über Nacht unter strohblonden Pferdeschwänzen gewachsen waren.

»Na, wollt ihr's hören oder nicht?« Babette war auf jeden Fall bereit, ihre aufregenden Pläne auch Leuten zu unterbreiten, die ablehnend die Stirn krausten. »Wir gründen jetzt selbst eine Bande!«

»Was?« Kadi versuchte, sich ganz klein und unsichtbar zu machen, kroch fast in seinen grauwollenen Pullover hinein. In was für Verwicklungen geriet er da plötzlich?

»Guckt nicht so dämlich! Wir gründen eine Bande gegen die Blue Tigers! Und mir ist heute nacht auch schon der richtige Name eingefallen.«

»Erst muß dir ja wohl jemand einfallen, der dabei mitmacht.«

Toni dachte wie immer an die praktische Seite eines Unternehmens.

»Ist doch längst klar.«

»Und wer?«

»Na, ich natürlich und du. Dann alle meine Freundinnen, Beate und Elsa. Und der Kadi hier . . .«

Bei Erwähnung seines Namens färbten sich die Ohren des kleinen Türken rot vor Stolz. Gleichzeitig dämmerte in seinen Augen leichte Besorgnis auf. Ein Feigling war er nicht. Aber was nützt Mut gegen Übermacht?

»Sind das alle?«

»I wo«, behauptete Babette leichthin, »das ist nur der Anfang. Wenn sich die Sache erst einmal herumspricht . . .«

»Ihr seid ja verrückt!« Das war alles, was Toni zu diesem glänzenden Einfall zu sagen wußte. Er hielt gar nichts von dem Gedanken, sich mit einer Schutztruppe von kleinen Mädchen zu umgeben.

»Nicht nur Mädchen.«

»Trotzdem!«

»Wollt ihr nicht wenigstens den Namen hören, den ich mir ausgedacht hab?« Diesen Trumpf hatte Babette sich bis zuletzt aufgespart. Das war der große Aufhänger! Damit konnte man jeden herumkriegen! Sie redete auch sofort weiter, ohne eine interessierte oder hilfreiche Frage abzuwarten. »Wir nennen uns die White Angels!«

Aber bevor die beiden Jungen diesen prächtigen Namen noch ganz verdaut hatten, wurde die erste Besprechung der White Angels schon gestört. Quabbel näherte sich mit düsterer Miene.

»Der Boss will dich sprechen, Sepp. In der großen Pause im Camp. Überleg's dir gut, ist wirklich deine letzte Chance.«

»Hör mal!« rief Babette und piekte Quabbel mit dem Zeigefinger auf den quergestreiften Bauch. »Merkst du nicht, daß du hier störst? Zieh Leine!«

Der Abgesandte schlug ihre Hand achtlos beiseite, drehte sich würdevoll um und stiefelte gewichtig davon. Bei jedem Schritt drohte seine blaue Hose aus den Nähten zu platzen.

»Gehst du hin?« fragte Kadi besorgt.

»Natürlich geht er.« Babette hatte die Sache schon entschieden. »Und wir beide gehen mit.«

»Ich doch nicht!« Kadi verkroch sich in seinem grauwollenen Pullover wie in einem Schneckenhaus. »Mich verprügeln sie immer zuerst.«

Toni merkte, daß die Bande der White Angels schon auseinanderzufallen drohte, bevor sie richtig gegründet war. Das hatte er vorausgeahnt. Man darf sich immer nur auf sich selbst verlassen.

Es schellte. Die Deutschstunde begann. Aber er konnte sich heute beim besten Willen nicht konzentrieren. Zuviel war in den letzten Stunden passiert. Und einiges würde noch passieren. Seine Gedanken kreisten unruhig.

Einmal fiel ein zusammengerollter Zettel auf seinen Tisch. Babette hatte ein weiteres Mitglied für die White Angels angeworben. Mitten im Unterricht war sie rastlos als Werberin tätig, beschrieb Papierstreifen, tuschelte rechts und links, sandte Botschaften aus und empfing Antworten.

Gringo, der am Fenster stand und aus einer langatmigen Erzählung vorlas, merkte überhaupt nicht, wie sich unter seinen Augen die Klasse in zwei feindliche Lager aufspaltete. Die Bande der White Angels wuchs zusehends. Fast alle Mädchen hatten ihren Beitritt schon fest zugesagt. Bei den Jungen war der Zulauf spärlicher. Die hatten mehr Angst vor den Blue Tigers.

Dann geschah etwas Unerwartetes. Ohne anzuklopfen stürmte Direktor Bley in das Zimmer. Ihm dicht auf den Fersen folgte ein hagerer Mann mit dunkler Hornbrille, deren Gläser neugierig über die Klasse hin blitzten. Gringo mußte seine Lesung unterbrechen. Am Lehrertisch wurde geflüstert und heftig mit den Köpfen genickt. Irgend etwas war da im Busch. Das konnte ein blinder Hund mit dem Schwanze schnuppern.

»Bodo Czupka«, meldete sich der Direktor plötzlich in streng dienstlichem Ton, »wir müssen dich für ein kurzes Gespräch in mein Zimmer bitten.«

»Wozu?« stotterte der Chef der Blue Tigers und lüftete sein Hinterteil um eine Handbreite vom Stuhlsitz. »Wir haben seit Wochen nichts mehr unternommen! Das mit der Oma gestern war doch wirklich nur ein Spaß!«

»Ich möchte dir ja auch nur ein paar Fragen stellen«, schaltete sich jetzt der fremde Mann ein. »Kein Grund sich aufzuregen.« Und ehe Boss Czupka noch aufbegehren konnte, hatte ihn der Bebrillte schon am Arm gefaßt und schob ihn energisch in Richtung Tür.

Schweigend und aufmerksam hatten alle den unerhörten Vorgang beobachtet. Bei den Mitgliedern der White Angels machte sich eine gewisse Schadenfreude breit. Wenn auch niemand Einzelheiten kannte, soviel stand sicher fest, Czupka und seine Jungen hatten etwas angestellt, und der Boss wurde nun peinlich verhört.

»Polizei!« zischte jemand.

Schon entstand ein haltloses Gerücht, das natürlich jeder vernünftigen Grundlage entbehrte. Aber die Hornbrille hatte wirk-

lich nach Polizei und Obrigkeit ausgesehen. Verstört und aufge-
schreckt flüsterten die Blue Tigers. Gringo brauchte zehn Minuten, um die für gehaltvolle Erzählungen notwendige Ruhe wie-
derherzustellen. Gerade hatte er sein Buch in die Hand genommen, da erfolgte der zweite Schlag. Die Tür öffnete sich weit,
Quabbel wurde hinausgerufen.

Es schien in der Tat etwas Außergewöhnliches passiert zu sein.
Mutmaßungen und Verdächtigungen schwirrten wie Mücken
durch die Klasse. Vom gewöhnlichen Autodiebstahl über Einbruch und Raub bis hin zum Meuchelmord wurden Boss Czupka
und seiner Bande alle Übeltaten zugetraut. Beate Zumbusch ver-
mißte seit drei Tagen ihren besten Radiergummi. Dem Hausmei-
ster Klotze hatte man in der vergangenen Woche den Kater er-
schlagen.

Nein, an diesem Morgen kam Gringo in seiner langatmigen
Erzählung keine zwei Seiten weiter. Einer nach dem anderen
wurden die Blue Tigers aus der Klasse gerufen und blieben für
den Rest der Stunde verschwunden.

»Bestimmt im Gefängnis«, flüsterte Kadi.

»Quatsch!« antwortete Toni. So schnell steckte man niemanden ins Gefängnis. Aber auch er war von sich widersprechenden
Vorstellungen verwirrt. Man soll ja keinem Menschen etwas Bö-
ses wünschen, andererseits hätte ihn das Verschwinden der
Bande von mancher Sorge befreit.

Doch in der großen Pause gab es erneut eine Überraschung.
Boss Czupka und seine Blue Tigers waren vollzählig, wenn auch
etwas aufgeregt und lärmend, im Camp versammelt.

»Dem hab ich mal die Meinung gestoßen!« prahlte Quabbel
gerade großspurig, als Toni und in seinem Gefolge die frisch an-
geworbenen Mitglieder der White Angels sich dem gefährlichen
Kreidestrich näherten.

»Von einem dämlichen Bullen lass' ich mich doch nicht in die
Pfanne hauen!«

»Halt die Klappe!« zischte sein Chef wütend. »Gerade dir haben doch die Stelzen ganz schön gewackelt, als du aus seinem
Zimmer kamst.«

»Lag vielleicht an deinen Augen!« wieherte Quabbel zurück und blickte sich beifallheischend im Kreis seiner Kumpane um. Die schienen heute jedoch wenig Verständnis für seine Scherze aufzubringen. Schraube tippte sich bedeutungsvoll an die pickelige Stirn. Nur Zicke riskierte einen zustimmenden Quietscher, wurde aber durch einen drohenden Blick Czupkas sofort zum Schweigen gebracht.

Überhaupt sah die ganze Bande im Augenblick ziemlich ungefährlich, ja, geradezu mies aus, fand Babette. Furchtlos setzte sie ihren Fuß auf den dicken Kreidestrich, der das Camp vom restlichen Schulhof abgrenzte und den sonst kein Unbefugter zu überschreiten wagte. Heute wurde dieser Frevel gar nicht beachtet. Übermütig stieß sie Toni in die Rippen.

»Du, die wollten doch was von dir!«

»Stimmt genau!« stotterte Schraube aufgeregt. »Bo . . . Boss, unser Alibi ist da!«

Toni fand sich immer weniger zurecht. Etwas Fürchterliches mußte den Blue Tigers zugestoßen sein. Man sah es deutlich an den belämmerten Gesichtern, an den kummervollen Querfalten auf Czupkas Stirn. Aber was hatte er denn damit zu tun? Was sollte dieses unverständliche Gefasel von einem Alibi? Für wen und für was ein Alibi?

Der Boss hakte seine Daumen lässig hinter den abgeschabten Ledergürtel und starrte schweigend auf die schmutzigen Spitzen seiner Turnschuhe. Plötzlich schnarrte er aus dem rechten Mundwinkel: »Könntest uns einen kleinen Gefallen tun, Sepp.«

Da konnte man sich doch nur verhört haben! Wie kam ausgerechnet er, der Haberer Toni, dazu, diesen Hinterhofgangstern einen Gefallen zu tun? Bestimmt war an der Sache einiges oberfaul. Wer sich so kleinlaut gab wie die Blue Tigers, saß meistens abgrundtief in der Tinte.

»Was für einen Gefallen?« Jetzt mußte man mächtig auf der Hut sein, erst einmal vorfühlen.

»Wirklich ne Kleinigkeit für dich. Du gehst also zu diesem Bullen, dem mit der schwarzen Hornbrille . . .«

48

»Kommissar Reimers oder so ähnlich«, warf die Zicke hilfreich ein. »Irgend so'n Bullenname.«

Also doch die Polizei! Kadi hatte mit seinem Verdacht recht
behalten. Selbst Schraube, der doch sonst nur an Gegenständen,
die knatterten, stanken und lärmten, Interesse fand, rückte jetzt
näher und tippte Toni mit seinem ölverschmierten Finger auf die
Brust. »Eine Hand wäscht die andere, Kamerad.«

Nun, nach viel Wascherei sahen Schraubes Hände ganz bestimmt nicht aus.

»Die wollen dich doch nur reinlegen«, behauptete auch sofort
Babette. »Laß dich auf nichts ein.«

»Soll ich ihr dafür eine kleben, Chef?« fragte Honky hoffnungsvoll.

»Quatsch!« Boss Czupka übernahm jetzt wieder selbst die
Verhandlung. »Hör mal zu, Sepp, du bist doch ein echter Kumpel. Du gehst also zu diesem Bullen Reimers und machst ihm
klar, daß wir den Raubüberfall ja gar nicht begangen haben können, weil wir genau zu *dem* Zeitpunkt gerade hinter dir her waren. Kannst ihm ja deine Macken zeigen.«

Raubüberfall? Die Augen aller versammelten White Angels
wurden vor Staunen groß wie Untertassen. Da hatte man doch
fast richtig vermutet. Aber die Tatsachen übertrafen die gewagte-
sten Vorstellungen noch um einiges.

»Wen haben die überfallen?« fragte aufgeregt ein spindeldür-
res Mädchen mit Himmelfahrtsnase und großer Nickelbrille, die
auf den vornehmen Namen Cosima getauft war, sich jedoch lieber Komma rufen ließ.

»Eine Bank«, flüsterte Kadi mit hochroten Ohren und drängte
sich aus dem Hintergrund nach vorn. »Die haben bestimmt eine
Million vergraben.«

»Blödsinn!« Quast fing an, die Sache ausführlich zu erklären.
Denn es war ja alles ganz anders. Unbekannte hatten in der Mittagszeit des vergangenen Tages den Kiosk an der Ecke Bilsen-
straße/Marienweg aufgebrochen, waren dabei von Opa Karanke
überrascht worden und hatten dem eins übergezogen. Der alte
Karanke lag jetzt mit einem Schädelbruch im Krankenhaus.

49

»Und wer von euch hat ihn so zusammengeschlagen?« wollte Babette ganz genau wissen.

»Wir kommen nicht in Frage!« Die Blue Tigers wiesen jeden Verdacht und jede Vermutung mit Abscheu von sich. Schraube erklärte sich sogar bereit, auf der Stelle einen Tank voll Super auszusaufen, wenn er nicht unschuldig wie ein Baby sei. Honky schwor, jeden umzulegen, der da behauptete, er habe sich irgendwann in seinem Leben jemals an einem Opa vergriffen.

»Aber die Polizei!«

Da lag ja der Hund begraben! Erstens befand sich Opa Karankes Kiosk im Gebiet der Blue Tigers. Zweitens wurden die Blue Tigers immer verdächtigt, wenn eine Schweinerei passierte. Und drittens hatte man im Camp auf dem Quastschen Kohlenhof Bier, Schnapsflaschen, Zigarren und Zigaretten gefunden. Das genügte denen scheinbar als Beweis.

»Aber die habe ich doch meinem Alten geklaut! Und der erfährt jetzt auch alles!«

Quast schien vor Angst regelrecht zu schrumpfen. Vor seinem jähzornigen Vater und dessen schaufelgroßen Händen hatte er gewaltigen Respekt.

»Und was hab ich mit alldem zu tun?« Toni brachte wenig Verständnis für die Nöte der Blue Tigers auf. Warum sollte ausgerechnet er denen helfen?

»Du bist doch unser Alibi, Sepp.«

»Alibi? Habt ihr das auch bei der Polizei gesagt?«

»Ist uns doch eben erst eingefallen.«

»Mir ist das eingefallen!« behauptete die Zicke stolz.

»Du gehst also zu diesem dämlichen Kommissar und erklärst ihm alles. Daß wir gerade dabei waren, dich durch die Mangel zu drehen, als Opa Karanke eins über den Schädel bekam. Daß wir gerade zu dem Zeitpunkt an einer ganz anderen Ecke waren, sagst du ihm.«

»Kann er doch gar nicht«, widersprach Babette.

»Wieso nicht?«

»Ja, meint ihr Doofköppe denn, er hätte noch schnell auf die Uhr geguckt, als ihr euch zu viert auf ihn gestürzt habt?«

50

»Außerdem hatte ich überhaupt keine Uhr bei mir«, sagte Toni. »Hab ich nie.«

»Da . . . darauf ko . . . kommt es doch gar nicht an.« Schraube begann zu stottern, wie immer, wenn er etwas sehr Kompliziertes erklären wollte. »Du behauptest einfach . . .«

»Natürlich kommt es darauf an, du Hornochse! Der Polizist will den genauen Zeitpunkt wissen, an dem ihr angeblich nicht am Kiosk gewesen sein könnt. Und den«, schloß Babette triumphierend ihre Beweisführung, »kann keiner von uns bezeugen. Oder sollen wir vielleicht für euch lügen?«

»Aber deine Großmutter . . .« suchte Czupka einen Ausweg aus dieser Sackgasse.

»Großmutter trägt niemals eine Uhr, höchstens einen Regenschirm. Und den hat sie euch ganz schön um die Ohren gehauen.«

Bei dieser Bemerkung kicherten ein paar White Angels ziemlich albern. Die Blue Tigers schossen ihnen wütende Blicke zu. Aber das half wenig. Ihr Ansehen war in den letzten Stunden erheblich gesunken. Selbst Kadi hatte keine Angst mehr vor ihnen. Grinsend blickte er dem großen Boss Czupka geradewegs in die zornig verkniffenen Augen.

»Ihr wer . . . werdet schon sehen, wa . . . was ihr davon habt!« auch Honky war plötzlich ins Stottern geraten.

Aber Drohungen der Blue Tigers galten im Augenblick überhaupt nichts. Kein Mensch nahm sie ernst.

»Komm schon!« Babette zog den grübelnden Toni am Ärmel fort. »Hier haben wir nichts verloren. Sollen die doch selbst zusehen, wie sie klarkommen. Vielleicht haben sie es getan, und wir dürfen nur für sie lügen.«

»Ganz bestimmt haben die es getan«, behauptete Kadi im Brustton der Überzeugung. »Sie haben ihn fertiggemacht!«

Es hatte bereits zur nächsten Stunde geläutet. Deshalb konnte man die veränderte Situation nicht mehr in allen Einzelheiten bereden. Soviel aber war jedem klar, daß man in nächster Zukunft von den Blue Tigers nichts zu befürchten hatte. Die waren für längere Zeit mit sich selbst beschäftigt.

Besonders Toni fühlte sich erleichtert. Wenn er sich auch bis zu diesem Augenblick seine Angst nicht voll eingestanden hatte, ganz wohl war ihm nie gewesen bei dem Gedanken an eine weitere Begegnung mit Boss Czupka und seiner Bande. Gerade vor wenigen Minuten hatte er ja gehört, wie brutal und rücksichtslos die mit anderen Leuten umsprangen. Falls sie den harmlosen alten Mann wirklich niedergeschlagen hatten. Gab es da überhaupt Zweifel? Durfte man diesen Burschen wirklich alles in die Schuhe schieben, nur weil sie eine große Lippe riskierten und sich wie Nachwuchsgangster aufführten? Aber die Rippen schmerzten noch, wo ihn gestern Quasts spitzer Stiefel getroffen hatte.

Toni brütete dumpf vor sich hin. Er achtete nicht auf die murmelnde Unruhe in der Klasse, die nach dem aufregenden Erscheinen der Polizei nur zu verständlich war. Er achtete auch nicht auf die Fragen von Herrn Katz, dem schnauzbärtigen Physiklehrer, bis er durch einen freundschaftlichen Klaps auf den Arm jäh in die Wirklichkeit zurückgerufen wurde.

»Guten Morgen, mein Sohn!« rief Herr Katz.

»Guten Morgen«, muffelte verwirrt Haberer.

»Ausgeschlafen?«

Natürlich hatte er nicht geschlafen. War ja auch bei dem Lärm ringsum gar nicht möglich. Aber wie sollte man das einem Erwachsenen erklären? Der Anschein sprach gegen ihn. Und genau so sprach er gegen die Blue Tigers. Zigaretten, Schnaps- und Bierflaschen waren gefunden worden. Selbstverständlich, denn Bierflaschen hatte es schon vor zwei Tagen im Camp auf dem Quastschen Kohlenhof gegeben. Daran erinnerte sich Haberer genau. Immer noch sah er Quabbel auf seiner schmutzigen, gestreiften Matratze liegen und rülpsend an einer braunen Flasche nuckeln.

5

Auch Babettes Großmutter konnte sich an den genauen Zeitpunkt nicht mehr erinnern. Wer schaut schon auf eine Uhr, wenn er gerade dabei ist, mit seinem Regenschirm auf jugendliche Banditen einzudreschen. Nein, auch von dieser Seite war für die Blue Tigers keinerlei Hilfe zu erwarten.

»Wozu denn auch?« fragte Babette und schüttelte mit einem heftigen Ruck die störenden Haarfransen aus der Stirn.

»Du mußt zum Friseur«, tadelte die Großmutter.

»So'n Blödsinn!« Entrüstet winkte Babette ab. Solange sie sich wehren konnte, würde es keiner Schere gelingen, auch nur einen halben Zentimeter des glänzenden, weizenblonden Haars abzuschneiden. Aber davon verstehen Großmütter nichts.

»Willst du eine Birne?«

Toni aß gerne Birnen. Am frühen Nachmittag war er unangemeldet und überraschend hereingetrudelt, um mit Babette zu überlegen, was man in der Angelegenheit Blue Tigers vielleicht noch unternehmen könnte. In der Hauptsache aber wollte er Leo vorstellen. Der stiefelte jetzt auf lautlosen Sohlen durch die fremde Wohnung, beschnüffelte alles sehr mißtrauisch und kehrte in kurzen Abständen in die Küche zurück, um nachzusehen, ob Toni auch wirklich noch da wäre. Anfassen und streicheln ließ er sich von den beiden fremden Wesen nicht.

»Eins versteh ich beim besten Willen nicht. Warum willst ausgerechnet du den Blue Tigers helfen?«

»Weil ich es ungerecht finde, wenn jemand wegen einer Sache beschuldigt wird, die er nicht getan hat.«

»Die haben bestimmt schon eine Menge angestellt«, behauptete die Großmutter, die hinter ihrer Zeitung saß, das Gespräch aber trotzdem aufmerksam verfolgte. »Und unschuldig sahen die mir nicht aus.«

»Das hat nichts miteinander zu tun.«

»Mann, bist du ein komischer Vogel!« Mit gespitzter Zunge versuchte Babette den Birnensaft abzuschlecken, der ihr am Kinn hinunterlief. »Die verprügeln dich, und zum Dank willst du ihnen noch die Füße küssen.«

Das hatte Toni ganz gewiß nicht vor. Sofort mußte er an die hochhackigen Cowboystiefel von Quast und Honky denken, die wahrscheinlich seit ihrer Anschaffung nicht mehr geputzt worden waren. Aber von Küssen war ja auch nie die Rede gewesen. Immer drehten einem die Mädchen das Wort im Munde herum. Er wollte doch nur gemeinsam mit Babette und der Großmutter darüber nachdenken, ob man den Blue Tigers nicht irgendwie helfen mußte, ob man nicht sogar verpflichtet war . . .

Sie riß die Augen weit auf, betrachtete ihn einmal eingehend von unten nach oben und dann wieder von oben nach unten. Noch nie schien ihr ein so seltsames Exemplar Mensch vor den Blick gekommen zu sein. Toni fühlte sich dabei äußerst unbehaglich, obwohl, und das wußte er ziemlich genau, seine Meinung sich bestimmt vertreten ließ. Er hatte das Problem ja auch schon hin und her gewendet und von allen Seiten betrachtet.

»Was guckst du so dumm?«

»Ich wundere mich.«

»Und worüber, wenn man überhaupt fragen darf?«

»Du darfst.« Sie nickte großzügig, biß noch einmal kräftig in die Birne, daß der Saft nur so spritzte, und erklärte dann, mit vollem Mund kauend: »Ich wundere mich nur, daß ein Einfaltspinsel wie du noch fest auf seinen zwei Beinen steht.«

Prüfend blickte Toni an der blauen Hose hinunter. Seine Beine wirkten auch unter dem derben Stoff kräftig und zuverlässig. An denen war nichts auszusetzen. Aber schon traf ihn ein weiterer Hieb.

»Du glaubst wohl auch noch an den Weihnachtsmann?«

»Da seh ich wirklich keinen Zusammenhang.«

»So? Meinst du?« Babette sah den direkten Zusammenhang auch nicht. Aber das konnte sie keinesfalls zugeben. »Na ja, vielleicht bei euch auf dem Dorf!« Im Gefühl ihrer haushohen Über-

54

legenheit warf sie den abgenagten Birnenkrotz mit Schwung durch das geöffnete Fenster. Sie traf allerdings nur den Rahmen, von dem jetzt bräunliche Kerne und klebriger Saft auf die Zeitung der Großmutter tropften.

»Was soll das, Babette?«

»Entschuldige. Ich wollte doch diesem Holzkopf nur zeigen, daß er dummes Zeug redet.«

»Wenn du etwas zeigen willst, zeige es richtig.«

»Ja, Großmutter.«

»Und wisch diesen Schmier weg.«

Im passenden Augenblick kann auch ein schlecht gezielter Birnenkrotz ein guter Treffer sein. Babette und Toni blickten sich prüfend an und mußten plötzlich lachen. Ohne ersichtlichen Grund prusteten sie los, zuckten mit Armen und Beinen, bis Leo höchst verwundert über diesen jähen Ausbruch sich neugierig vor ihnen aufbaute. Was hatte denn die gezwickt?

»Ach, sind wir blöd«, erklärte das Mädchen mit immer noch rotem Kopf und zuckenden Lippen, »streiten uns schon am zweiten Tag. Dabei hast du vielleicht gar nicht so unrecht.«

»Gerade wollte ich dir dasselbe sagen«, behauptete Toni in vollem Ernst. »Du hast mir das Wort aus dem Mund genommen. Höchstwahrscheinlich hast nämlich *du* recht, und ich bin wirklich ein Depp.«

Darüber mußten sie noch einmal herzlich lachen. Diesmal stimmte sogar Leo rauh und ungestüm mit ein. Die Großmutter blickte von ihrer Zeitung auf. So fröhlich war es in dieser Wohnung lange nicht mehr zugegangen.

»Das hört sich ja wirklich schön und gut an.« Toni besann sich zuerst. »Aber wenn zwei, die doch eigentlich verschiedener Meinung sind, beide recht haben sollen, ist an der Sache meistens etwas faul.«

»Wieso?«

»Schwarz kann nicht gleichzeitig weiß sein.«

Das stimmte. Aber Babette brauchte nicht lange darüber nachzugrübeln, wie man sich aus dieser Klemme helfen könnte; um Einfälle war sie nie verlegen.

»Wenn wir's nicht wissen, dann untersuchen wir die Sache, ob sie schwarz oder weiß ist oder vielleicht nur grau.«

»Und wie?«

»Ganz einfach. Wir gründen einen Detektivklub. Das macht sicher Spaß. Alle White Angels werden mitmachen. Endlich haben wir mal eine richtige Aufgabe.«

Ehe Toni noch weitere Bedenken vorbringen konnte, war schon alles geregelt und beschlossen. Bereits am folgenden Nachmittag würde die Gründungsversammlung des neuen Clubs stattfinden. Am besten um vier Uhr, da hatten die meisten Zeit.

»Dürfen wir hier in unserer Wohnung, Großmutter?«

»Wenn ihr mir versprecht, nicht mit Birnen um euch zu schmeißen.«

In ihrer Begeisterung versprachen sie alles. Das würde eine aufregende Sache werden, ein echtes Detektivabenteuer mit einem wirklichen Fall, nicht an den Haaren herbeigezogenes Zeug wie in vielen Büchern.

»Ich bin jetzt Spürnase, der superschlaue Meisterdetektiv!« schrie Babette.

Toni hatte nichts dagegen einzuwenden. Außerdem würde sich ja bald herausstellen, wer ein Meisterdetektiv war. Nur die Leistung zählte.

»Und du, du bist Präsident des Clubs!«

Auch gut, ein Präsident hat in strittigen Fragen immer das letzte Wort. Er setzt fest, was zu tun und was zu lassen ist. Er bestimmt.

Leo, der von dem Lärm angelockt unter dem Sessel der Großmutter hervorkroch, wurde auf der Stelle zum Polizeihund befördert. Ohne hörbaren Widerspruch ließ er diese Ehrung über sich ergehen.

Der entscheidende Tag begann mit einem endlosen Schulmorgen, der geduldig abgesessen werden mußte. Alle vertrauenswürdigen White Angels wurden benachrichtigt und für vier Uhr in die Küche der Großmutter bestellt. Es gab viele verwunderte und auch einige dumme Fragen, die selbstverständlich nicht beant-

56

wortet werden durften. Man konnte nur den Zeigefinger beschwörend auf die Lippen pressen.

Die Blue Tigers merkten nichts von diesen geheimnisvollen Umtrieben, die hatten genug mit sich selbst zu tun. Boss Czupka wirkte merkwürdig blaß um die Nasenspitze, als hätte er sich seit Wochen wieder einmal das Gesicht gewaschen. Auch Quast bot einen ziemlich kleinlauten Anblick, obwohl er wie immer ein überlegenes Grinsen zur Schau stellte. Nein, mit den Blue Tigers war in diesen Tagen weiß Gott kein großer Staat zu machen.

»Weil sie Angst haben«, fand Kadi eine befriedigende Erklärung und traf damit den Nagel genau auf den Kopf.

Schon um halb vier war in Großmutters Küche alles für die Gründungsversammlung vorbereitet. Auf dem blanken Tisch lagen neben einem Schreibblock zwei sorgfältig gespitzte Bleistifte und ein großer Radiergummi. Ein silbernes Glöckchen, das sonst nur am Heiligen Abend zum Einläuten der Bescherung benutzt wurde, stand griffbereit am Platz des Präsidenten.

»Ob die wohl kommen?« fragte Babette bereits zum siebtenmal und schielte auf die fast stillstehenden Zeiger der weißen Küchenuhr.

»Natürlich kommen sie. Du hast sie mit deinem Gerede neugierig genug gemacht. Außerdem ist es noch eine Viertelstunde zu früh.«

Toni mußte sich immer wieder wundern, wie zappelig und ungeduldig Mädchen sein konnten. Er dagegen war die Gelassenheit selbst. Höchstens, daß er ab und zu aus dem Fenster blickte, um nach dem Wetter zu sehen.

Selbstverständlich kamen alle. Als erste Beate Zumbusch, die sehr geheimnisvoll tat, weil sie immer noch nicht richtig verstanden hatte, um was es bei diesem Treffen eigentlich ging. Als letzter drückte sich Kadi bescheiden und schmächtig durch den Türspalt.

Das Glöckchen bimmelte, einmal silbern und zaghaft, dann ein zweites Mal kräftig und mit Ausdauer. Das Getuschel um den breiten Küchentisch erstarb.

»Alle mal herhören!« Babette reckte sich zu ihrer vollen

57

Größe, mit Haarschleife einssiebenunddreißig, auf und schien in diesem bedeutungsvollen Augenblick sogar noch um einen Zentimeter zu wachsen. »Ich begrüße euch zu dieser ersten Geheimsitzung der White Angels. Wir haben heute sehr wichtige Dinge zu bereden. Deshalb muß ich dich bitten, Andrea, ein Protokoll zu schreiben.«

»Wieso gerade ich?« Andrea Beigelt, die wegen ihres mächtigen Haarschopfes überall unter dem Namen Pilz bekannt war, schluckte vor Überraschung.

»Weil du als einzige eine Handschrift hast, die man hinterher noch lesen kann.«

Gehorsam griff Andrea nach Block und Bleistift und malte in deutlichen großen Zahlen das Datum auf die erste Seite. Dann blickte sie erwartungsvoll auf.

Babette läutete noch einmal kräftig mit der Heiligabendglocke. Nicht, um die notwendige Ruhe herzustellen, denn alle warteten ja schon mucksmäuschenstill und gespannt, sondern weil ihr im Augenblick nichts Besseres einfiel. Es ist nämlich gar nicht so einfach, die Eröffnungssitzung eines Detektivklubs angemessen zu leiten.

»Also, was passiert denn nun?« Beate Zumbusch regte sich immer fürchterlich auf, wenn man ihr Neuigkeiten vorenthielt. »Was machen wir jetzt? Und wozu überhaupt diese ganze Heimlichtuerei? Oder steckt überhaupt nichts dahinter? Als meine Mutter mich fragte, wohin ich denn so eilig wollte, durfte ich ja nichts sagen. Ich hab nur den Finger auf die Lippen gelegt. Da hat sie mir sofort eine geknallt.«

»Soll das auch ins Protokoll?« fragte der Pilz eifrig.

»Nein!« entschied Toni und übernahm mit diesem Wort endlich den Vorsitz der Versammlung, der ihm als Präsidenten ja auch rechtmäßig zustand. In knappen Sätzen, von niemandem unterbrochen, schilderte er den verblüfft aufhorchenden White Angels Ursache und Zweck der geheimen Zusammenkunft.

»Aber da fällt doch meine Oma rücklings vom Pferd!« rief Elsa Humpert, ein dürres Mädchen, das ununterbrochen Süßigkeiten futterte und immer klebrige Finger hatte.

Sofort bimmelte Babette mit ihrer Heiligabendglocke dem Störenfried ins Wort. Dadurch ließ sich Elsa jedoch nicht abschrekken. Zu Hause bewohnte sie mit drei streitsüchtigen Brüdern einen umgebauten Dachboden und hatte gelernt, sich im Leben durchzusetzen.

»Warum sollen denn ausgerechnet wir den Blue Tigers helfen? Im Grunde können wir doch nur froh sein, wenn sie endlich ins Gefängnis kommen.«

Dieselbe Frage hatte sich auch Babette schon gestellt. Warum ausgerechnet den Blue Tigers helfen? Mit einem Schlage könnten sie allerhand Ärger los sein. Kein Mensch würde mehr während der Zeichenstunde auf dem Klo eingeschlossen, keinem würden die Hefte zerrissen . . .

»Aber wir glauben, daß sie an dieser Sache unschuldig sind«, gab Toni zu bedenken.

»Und wennschon! Dann haben sie sicher etwas anderes ausgefressen.« Aus langer Erfahrung wußte Elsa, daß bei drei Brüdern einer immer ein schlechtes Gewissen hat.

»Das sagt sich so einfach hin. Und wenn du jetzt zufällig verhaftet würdest?«

»Werde ich aber nicht.«

Mit der Behauptung hatte Elsa zweifellos recht. Trotzdem sah der Fall Blue Tigers aus diesem neuen Blickwinkel betrachtet schon ganz anders aus. Sie redeten aufgeregt hin und her. Die Gemüter der Kinder erhitzten sich, Augen begannen zu funkeln, die Stimmen wurden schrill. In wenigen Minuten hatten sich die White Angels in zwei Lager aufgespalten. Erst als die Großmutter hereinkam, um einen Korb voll goldgelber Birnen auf den Tisch zu stellen, verstummten die streitenden Parteien für eine kurze Erfrischungspause. Kadi zupfte die eifrig kauende Elsa am Ärmel.

»Was ist?« gurgelte die.

»Hat deine Oma wirklich ein Pferd?«

»Ein Pferd? Ach so, natürlich. Wie könnte sie denn sonst immerzu herunterfallen.« Aus wäßrigen blauen Augen blickte sie ihn dabei so ernsthaft an, daß er fast geneigt war, ihr zu glauben, obwohl er in dieser asphaltierten Stadt noch nie Pferde gesehen hatte.

»Hört mal alle her!« Zielsicher warf Babette den abgenagten Birnenkrotz in den Papierkorb. »Dieses blöde Hinundhergerede bringt uns wirklich keinen Schritt weiter. Oder was meint ihr dazu?«

Alle kauten und nickten. Mit dem Gezänk waren sie tatsächlich keinen Schritt weitergekommen. Babette hatte den Nagel auf den Kopf getroffen.

»Dann mach ich euch jetzt mal einen brauchbaren Vorschlag.« Sie schwang die Glocke, obwohl das wiederum unnötige Kraftvergeudung war. Alle starrten schon kauend und erwartungsvoll auf ihre Lippen.

»Also.« Babette schob den Stuhl zurück, stand auf und stemmte beide Hände auf die Tischplatte. »Wir White Angels übernehmen den Fall und stellen gründliche Nachforschungen an. Was am Ende dabei herauskommt, können wir jetzt noch gar nicht wissen. Vielleicht nützt es den Blue Tigers . . .« Sie machte eine kurze Pause, blickte alle der Reihe nach an und kniff dabei ein Auge bedeutungsvoll zu. »Vielleicht nützt es ihnen aber auch gar nichts.«

»Jetzt kapier ich endlich«, begeisterte sich Elsa. »Durch unsere Nachforschungen bringen wir die Bande erst recht hinter Gitter. Da mach ich mit. Die sollen uns kennenlernen!«

Dabei wollten alle mitmachen. Alle hatten mit Boss Czupka und seinen Jungen ein Hühnchen zu rupfen. Selbst Kadi, sonst stumm wie ein Fisch, schrie und lachte und schlug sich mit der Hand klatschend auf den Oberschenkel.

»Ich finde Beweise gegen Quabbel!« legte sich Andrea sofort fest. Im allgemeinen war sie ein vernünftiges und gutmütiges Mädchen. Aber Quabbel hatte ihr einmal, nur so zum Spaß, ein ganzes Büschel flammendroten Haars vom Kopf gerissen, weil er einen echten Skalp für seinen Gürtel brauchte.

Tonis Zwischenruf, Detektive müßten sich bei ihrer Arbeit in erster Linie sachlich und unparteiisch verhalten, fand in diesem Augenblick wenig Gehör. Die White Angels gebärdeten sich wie

60

eine blutgierige Meute. Jeder wollte sein Opfer. Neben Boss Czupka schien Quast der meistgehaßte Mann der Bande zu sein. Sogar Leo, der bis dahin friedlich und uninteressiert unter Großmutters Sessel geschnarcht hatte, öffnete blinzelnd das rechte Auge und knurrte bösartig. Die Erinnerung an Quasts grüne Hose hatte ihn wohl munter gemacht.

»Aber wie liefern wir die Blue Tigers nun ans Messer?« Elsas Einwand rief alle auf den harten Boden der Tatsachen zurück. Mit wilden Drohungen und wüstem Geschrei war nichts getan. Da mußten schon wirksamere Methoden her.

»Wie wär's, wenn wir gemeinsam zu diesem Polizisten gingen?« unterbrach Beate Zumbusch das ratlose Schweigen.

»Und dann?«

»Dann . . . dann können wir dem doch alles sagen . . .« Beate begann zu stottern. Sie war sich plötzlich gar nicht mehr so sicher, ob solche Missetaten wie Radiergummiklauen, Haareausreißen, Beinchenstellen und wilde Prügeleien in den Augen der Polizei schon für eine Verhaftung ausreichten.

»Darum geht es uns doch auch gar nicht«, fiel ihr Toni ungeduldig ins Wort.

»Um was denn?«

»Mann, seid ihr dämlich!« Babette sah sich schon wieder gezwungen, von ihrer Heiligabendglocke Gebrauch zu machen. »Wir wollen nur herausfinden, ob die Blue Tigers dem ollen Opa Karanke wirklich eine Flasche über den Kopf gehauen haben oder nicht. Darum geht es, ihr Trantüten!«

»Selbst eine Trantüte!« antwortete Elsa spitz.

»Es kommt jetzt also nur darauf an . . .« Babette überging diese Herausforderung großzügig. Wenn Elsa schon nicht sachlich bleiben konnte, sie konnte es. »Es kommt doch nur darauf an . . . Schreib bitte mit, Andrea, das gehört jetzt alles in unser Protokoll.«

Und Andrea schrieb, bis ihr die Fingerspitzen rot anliefen. Es galt also herauszufinden, ob vielleicht neben den Blue Tigers noch eine zweite Bande in der Gegend ihr Unwesen trieb. Da der Haberer so hartnäckig an die Unschuld von Boss Czupka glaubte, mußte man ihm Gegenbeweise liefern, mußte zeigen, daß es keinen anderen Täter gab. Alle White Angels hatten von dieser Minute an die Augen wachsam offenzuhalten und alles Verdächtige sofort zu melden.

»Wem melden?« wollte Kadi wissen.

»Mir oder dem Toni.«

»Und dann?«

Nun, dann würden sie alle Beobachtungen zusammentragen, sorgfältig prüfen und gewissenhaft aufschreiben, bis sie sich schließlich zu einem feinmaschigen Netz verknüpfen ließen, in dem am Ende die Verbrecher hilflos wie Fliegen zappeln würden.

»Hoffentlich die Blue Tigers«, seufzte Elsa und schob mit der Zungenspitze ein klebriges Bonbon aus der rechten in die linke Backentasche.

Es wäre doch wirklich zum Lachen, behauptete Babette sehr selbstbewußt, wenn jemand seine Spuren so raffiniert und gerissen zu verwischen wüßte, daß er sich damit den gemeinsamen Nachforschungen aller White Angels entziehen könnte.

6

In den nächsten Tagen hatten die Leute im Stadtviertel ständig das unbehagliche Gefühl, von allen Seiten beobachtet zu werden. Es war, als starrten einem Dutzende von wachsamen und neugierigen Augen ununterbrochen auf den Rücken. Drehte man sich aber plötzlich mit einem Ruck um, stand da meistens nur ein gelangweiltes Schulmädchen, das interessiert in den verhangenen Himmel blickte oder verdrossen in der Nase bohrte.

Trotz dieses Eifers blieben die Meldungen, die bei Babette und Toni eintrafen, recht spärlich und nichtssagend. Manche reizten die Lachmuskeln, einige stimmten die Kinder traurig, für den eigentlichen Zweck ihres Unternehmens waren sie allesamt wertlos.

»In der Luisenstraße 14 trägt ein Mann rot und weiß gewürfelte Unterhosen«, las Babette von einem schmuddeligen gelben Zettel vor.

»Papierkorb«, entschied Toni.

»Am Nußberg wohnt eine ältere Frau allein in einer baufälligen Gartenlaube.«

»Papierkorb.« Ältere Frauen kamen gewöhnlich nicht in der Mittagsstunde daher und schlugen älteren Männern Bierflaschen über den Kopf.

So ging es fast eine Woche lang. In Kaufhäusern wurden Erwachsene und Kinder beim Diebstahl beobachtet. Man verfolgte Leute, die in beginnender Dämmerung pralle Müllbeutel in städtische Abfalleimer warfen. Das war ja sicherlich kein Verbrechen, sondern bewies nur, daß es zu viel Müll gab. Aber alle diese Meldungen brachten die White Angels ihrem eigentlichen Ziel um nichts näher.

Am Donnerstag gab es die erste erfreuliche Nachricht. Tina Tomaschewskis rotes Fahrrad, das schon vor Wochen aus dem

Fahrradständer des Schulhofs geklaut worden war, lehnte plötzlich herrenlos neben dem Kino in der Gutenbergstraße.

»Wenigstens ein Pluspunkt«, behauptete Babette.

Toni nickte abwesend. Er versuchte gerade, einen grünen Zettel zu entziffern, der mit einer geheimnisvollen Zeichnung und verschmierten Schriftzeilen bedeckt war. Der Name des Absenders ließ sich weder auf der Vorder- noch auf der Rückseite finden.

»Von wem kommt diese Meldung?«

»Lag im Briefkasten.«

»Und wer ist Dada?«

»Kenn ich nicht.«

»Aber hier steht, mein Bruder Dada hat gestern den Schokoladenhasen geschenkt bekommen. Zeitpunkt: mittags. Ort: auf dem Weg vom Kindergarten nach Hause. Siehe beigefügte Skizze.«

Babette beugte sich vor und tippte sich dann an die Stirn. Auf der Zeichnung war außer ein paar krakeligen Strichen wirklich nichts zu erkennen.

»So'n Quatsch! Aber die Handschrift kommt mir bekannt vor. Das ist die Schleiereule. Will sich wichtig tun.«

»Und Dada?«

»Vielleicht ihr Vetter oder Neffe oder irgendein Onkel. Die Schleiereule kennt alle möglichen Leute.«

»Ein Onkel kann es nicht sein«, stellte Toni sachlich fest. »Auf dem Zettel steht Bruder. Außerdem geht er noch in den Kindergarten.«

»Warum beißt du dich denn ausgerechnet an diesem Dada fest?«

Babette schien ehrlich verwundert. Da lagen Dutzende von ungelesenen Hinweisen auf dem Tisch, die alle sorgfältig bearbeitet werden mußten, und dieser Haberer regte sich über einen rotznasigen Dada und seinen Schokoladenhasen auf. Schokoladenhase? Augenblick mal! Da meldete sich doch eine Gehirnzelle. Das konnte nur heißen . . .

»Steht da wirklich Schokoladenhase?«

»Seit einer halben Stunde versuch ich's dir zu erklären.«

»Ist es ein Hase mit einem grünen Tirolerhut und einer Kiepe auf dem Rücken?«

»Von einem Tirolerhut schreibt sie nichts.«

»Trotzdem!« schrie Babette und bekam vor Jagdfieber funkelnde Augen. »Das ist die interessanteste Meldung. Aber du Depp merkst es nicht einmal. Los! Nichts wie hin!«

»Wohin wollt ihr so eilig?« rief die Großmutter, die sich nur noch durch einen geistesgegenwärtigen Sprung zur Seite davor retten konnte, wie ein Fußball die Treppe hinuntergestoßen zu werden.

»Zur Schleiereule!«

»Wer oder was ist die Schleiereule?«

Das sollte die Großmutter an diesem Nachmittag nicht mehr erfahren. Höchste Eile war geboten. Wenn Dadas Schokoladenhase wirklich der Schokoladenhase war, der seit Wochen groß und verführerisch im Schaufenster von Opa Karankes Kiosk gestanden hatte, dann waren sie endlich auf eine wichtige Spur gestoßen. Und die mußten sie sofort aufnehmen.

»Ich wußte, daß ihr kommen würdet.« Die Schleiereule war ein durchsichtig blasses Mädchen, das weit und breit wegen seines Fleißes, seiner Ordnungsliebe und seiner Pünktlichkeit gerühmt wurde. Sie hatte daher wenig Freunde.

»Wo ist der Hase?« keuchte Babette, vom schnellen Trab noch ganz außer Atem.

»Leider ist nur noch ein kümmerlicher Rest da. Ich hab ihn zu spät erkannt.«

Eilig führte die Schleiereule die beiden Detektive eine Treppe hinauf in ein winziges Kinderzimmer. Auf dem Bett saß mit verheulten Augen und schokoladenbraun verschmiertem Mund ein kleiner Junge.

»Er hat ihn fast aufgegessen!«

Das war natürlich ein Schlag ins Wasser. Schon hatten sie sich am Ziel geglaubt. Und jetzt war der prächtige Beweis vernichtet, einfach aufgegessen von diesem rotznasigen Bengel. Die White Angels starrten den Winzling wütend an, bis der mit einen

Schluchzer die Augen niederschlug. Aber das änderte die Lage auch nicht mehr.

»Mehr ist nicht übriggeblieben.« Die Schleiereule nestelte einen Schlüssel aus ihrer Hosentasche, schloß umständlich eine Schranktür auf, zog einen Schuhkarton heraus, hob vorsichtig den Deckel ab ...

»Der Tirolerhut!« Babettes Zorn wandelte sich in ein Gefühl ungeheurer Dankbarkeit. Sie hätte jedermann umarmen können. Zuerst natürlich diesen goldigen kleinen Dada.

»Das hast du wirklich prima gemacht!«

»Der bestimmt nicht«, nörgelte die Schleiereule. »Der ist nur schmutzig und faul.«

»Das verwächst sich«, lobte nun auch Toni. »Wenn er erst mal in dein Alter kommt, wird er sicher genau so tüchtig und ordentlich wie du.«

Die Schleiereule blinzelte überrascht. Anerkennung aus dieser Richtung war sie eigentlich nicht gewohnt. Allerdings sehnte sie sich ein wenig danach und war auch aus diesem Grund Mitglied bei den White Angels geworden.

»Kann ich den Hasen jetzt ganz aufessen?« fragte Dada hoffnungsvoll.

»Natürlich.« Babette hockte sich neben ihn. Ein Teil des Kopfes mit den ausgehöhlten Ohren lag noch im Schuhkarton. »Wir brauchen ja nur den Tirolerhut und die Kiepe. Und wenn du uns jetzt noch sagen kannst, wer dir diesen Hasen geschenkt hat, bekommst du von uns als Belohnung einen viel schöneren und größeren.«

»Ehrlich?« Dada hatte die wütenden Blicke der beiden Detektive noch nicht vergessen. Die wollten ihn bestimmt nur aufs Kreuz legen.

»Ehrenwort.«

»Aber er weiß überhaupt nichts. Ich habe ihn schon ausgequetscht wie eine Zitrone!«

»Vielleicht warst du zu streng mit ihm.«

»Mit dem kann man gar nicht streng genug sein«, murrte die Schleiereule halblaut vor sich hin. »Den muß man noch jeden

Morgen waschen, sonst riecht er nach drei Tagen wie ein ganzer Schweinestall.«

Toni, der Schweine und überhaupt alles, was nach Land roch, recht gerne hatte, setzte sich jetzt kameradschaftlich an Dadas freie Seite. Bedrohlich knarrte das Bett unter dem dreifachen Gewicht.

»Hör mal zu, Dada!« Mütterlich legte Babette dem Knirps einen Arm um die Schultern und zog ihn dicht an sich heran. »Du kannst uns doch ganz bestimmt sagen, wer dir diesen schönen Hasen geschenkt hat?«

»'türlich«, behauptete Dada. »Ein Mann.«

»Ein junger oder ein alter Mann?«

»Weiß nicht.«

»Dann versuch, dich zu erinnern.«

»War ein junger alter Mann mit einem gelben Bart«, erklärte Dada, ohne nachzudenken.

»Da hört ihr's ja«, triumphierte die Schleiereule. »Er redet nur solchen Unsinn! Kein vernünftiges Wort!«

Aber so schnell gab Babette nicht auf. Begann doch im Kopf dieses schokoladenverschmierten kleinen Jungen die einzige Spur, die sich überhaupt zu verfolgen lohnte. Irgend etwas mußte er im Gedächtnis behalten haben. Wenn sie nur wüßte, wie man es aus ihm herauskitzeln könnte.

»Wo hast du diesen Hasen bekommen? Weißt du das denn wenigstens noch?«

»'türlich«, nickte Dada. »Kindergarten.«

»Er lügt!« schrie die Schleiereule und stampfte mit dem Fuß auf. »Zu Ostern hat er im Kindergarten nur ein paar Schokoladeneier gekriegt, keinen Hasen. Die sind immer so popelig. Und außerdem ist das schon vier Wochen her.«

»War ja gar nicht im Kindergarten«, widersprach Dada energisch, »war auf der Straße.«

»Mensch!« Toni kam jetzt der rettende Einfall. »Kannst du uns die Stelle zeigen, Dada?«

»'türlich!«

Zu viert brachen sie auf. Voran stiefelte der fette Schokoladenfresser, wie die Schleiereule wenig liebevoll ihren kleinen Bruder bezeichnete. Es ging eine düstere Vorstadtstraße entlang. Graue Wände waren mit verwischten Kreidezeichnungen verschmiert. Man bog um eine Ecke in eine zweite, ebenso düstere Straße. Nur eine alte Frau war zu sehen, die schwer an ihrer vollen Einkaufstasche schleppte.

»Hier!« rief Dada und blieb plötzlich stehen, daß die anderen gegen ihn rannten.

In der linken Häuserzeile gähnte dunkel eine Toreinfahrt. Es stank nach Müll und Abfällen, nach fauliger Feuchtigkeit. Eine scheu und zugleich bösartig blickende Katze drückte sich an der Wand entlang und verschwand dann mit schnellem Sprung in einem Kellerschacht.

»Bist du ganz sicher?« flüsterte Babette.

»'türlich«, behauptete Dada, ohne mit der Wimper zu zucken. »Da drüben hat er gestanden, bei den Mülltonnen.«

»Der Schokoladenhase?«

»Nein, der Mann mit dem gelben Bart.«

Was tun? Die Detektive blickten sich ratlos an. Selbst die sonst so tüchtige Schleiereule zuckte nur mit den Schultern. Der Kindergarten, in dem der Schokoladenfresser seine Vormittage zu verbringen pflegte, lag genau hinter der nächsten Straßenecke. Seine Behauptung konnte also stimmen. Ganz sicher wußte man es bei ihm natürlich nie.

»Sehen wir uns doch den Tatort einmal näher an«, forderte Toni fachmännisch. »Vielleicht finden wir Spuren.«

Die anderen schauten verblüfft auf. Was für Spuren wollte er denn finden? Etwa Fußspuren?

»Vielleicht buntes Silberpapier. Hasen sind immer in buntes Silberpapier gewickelt.«

Ja, Silberpapier gab es in den Abfällen reichlich. Aber das stammte von Zigarettenschachteln oder von Kaugummipackungen, soweit sich die Herkunft überhaupt feststellen ließ. Buntbedruckt war es auch nicht. Während sie mit den Fußspitzen im Müll herumstocherten und auch die Deckel der schwarzen Kunststofftonnen hoben, tauchte aus der dunklen Einfahrt plötzlich ein Schatten auf. Ein breitschultriger Bursche in verwaschenen Jeans und einer schwarzen Motorradjacke. Weißblonde Barthaare verdeckten den Mund. »He, was sucht ihr da?«

»Nichts.« Babette wich vorsichtig einen Schritt zurück und zog den widerstrebenden Dada mit sich.

Der Fremde musterte sie drohend, betrachtete dann stirnrunzelnd den zappelnden Knirps an ihrer Seite. Schließlich fummelte er eine zerdrückte Zigarette aus seiner Brusttasche und steckte sie zwischen die Bartstoppeln.

»Also los, verduftet! Habt hier nichts verloren!«

Sie trotteten davon. Nicht besonders eilig; denn man darf niemandem zeigen, wie sehr man sich vor ihm fürchtet. Erst an der nächsten Straßenecke beschleunigten sie ihre Schritte, obwohl es jetzt gar nicht mehr nötig gewesen wäre.

»Mann, der war ja zum Graulen«, erklärte die Schleiereule und stieß die Atemluft hörbar aus. »Dagegen sind Boss Czupka und seine Blue Tigers doch nur Witzfiguren.«

»Hat der dir vielleicht den Hasen geschenkt?« wandte sich Babette an den Schokoladenfresser, der immer noch störrisch hinter ihr hertrottete.

»'türlich«, sagte Dada.

»Dann ist ja alles klar.«

Aber im Grunde war überhaupt nichts klar. Toni brauchte am späten Nachmittag auch nur fünf Minuten und zehn kurze Sätze, um die eiligst zusammengetrommelten White Angels von dieser Ansicht zu überzeugen. Wie würde wohl ein Polizeikommissar reagieren, wenn man ihm diese windige Geschichte von einem fast aufgegessenen Schokoladenhasen, einem gelben Bart und dem braunverschmierten Dada auftischte? Lachen würde der! Sich totlachen. Und vielleicht sogar die Berichterstatter wegen Irreführung und Belästigung von Behörden einsperren. Sie wußten doch, wie idiotisch sich Erwachsene manchmal zu verhalten pflegten.

Babette leistete den zähesten Widerstand. Sie wollte die Hoffnung nicht aufgeben. Sie hatten eine Spur gefunden, sie mit großem Scharfsinn verfolgt . . .

69

»Was hast du denn gefunden?« unterbrach Toni ihren hitzigen Einwand. »Zähl's doch mal her. Einen grünen Tirolerhut und eine Kiepe.«

»Eben! Und das ist ja der Beweis!«

»Wieso?«

»Weil Ostern schon vier Wochen vorbei ist. Nur Opa Karanke hatte noch vier Wochen nach Ostern einen Schokoladenhasen im Schaufenster stehen. Alle anderen Geschäfte haben doch am nächsten Tag umgeräumt.«

Das war ein stichhaltiger Punkt. Man mußte ihn bedenken. Andererseits konnte der Hase ja auch schon vor vier Wochen gekauft worden sein. Dieser gefährlich aussehende Bursche in der schwarzen Motorradjacke mochte vielleicht keine Schokolade und hatte sie deshalb an Dada weitergeschenkt.

»Der sah aber nicht so aus, als ob er freiwillig etwas verschenken würde.« Jedenfalls konnte sich die Schleiereule so etwas kaum vorstellen. »Der wollte doch höchstens ein Beweisstück in der Mülltonne verschwinden lassen, als Dada zufällig vorbeikam.«

Auch das war eine Möglichkeit. Die Meinungen gingen hin und her. Niemand wollte sich überzeugen lassen. Endlich wurde es der klebrigen Elsa zu dumm.

»Also was ist denn nun?« rief sie und blickte die Runde um den Küchentisch herausfordernd an. »Habt ihr Beweise oder habt ihr keine? Oder hört ihr euch nur gerne reden?«

»Wieso wir?« Erstaunt zog Babette die Augenbrauen hoch. »Du hast doch die ganze Zeit mitgeredet.«

»Jetzt nicht mehr!« Elsa stieß den Stuhl zurück und marschierte mit steifem Nacken zur Tür. »Ich hab von Anfang an gesagt, die Blue Tigers waren es! Da nützt auch euer dämlicher Detektivklub nichts.« Die anderen blickten ihr betreten nach, zuckten beim harten Schlag der Küchentür zusammen. Was war los? Liefen die White Angels jetzt schon auseinander, noch bevor sie ihre Arbeit richtig aufgenommen hatten? Da wäre man ja besser Mitglied bei den Blue Tigers geworden. Die hielten wenigstens zueinander wie Pech und Schwefel.

70

»Und was machen wir jetzt?« fragte Kadi leise. Er fühlte sich in diesem Augenblick wohl am unglücklichsten. Endlich einmal hatte er dazugehört, nicht wie ein aufgezwungener Gast, der allen im Wege steht, sondern als vollwertiges Mitglied. Und schon war wieder alles vorbei.

»Wir machen natürlich weiter«, antwortete Toni, ohne lange zu überlegen. »Man kann doch nicht einfach die Brocken hinschmeißen, weil es irgend jemandem zu langsam geht.«

»Selbstverständlich!« stimmten alle sofort zu. Sie hatten zwar keine rechte Vorstellung, wie man jetzt weitermachen könnte, aber das würde sich schon ergeben. Die Hauptsache blieb, sie hielten eisern zusammen.

»Wir müssen unsere Beobachtungen nun auf die Hüttenstraße konzentrieren.« Haberer entwickelte schon einen Plan. »Von heute ab wird diese Toreinfahrt keine Minute mehr aus dem Auge gelassen. Rund um die Uhr gehen zwei Detektive Streife.«

»Und während der Schulstunden?« gab Babette zu bedenken.

»Um halb sieben muß ich abends zu Hause sein«, protestierte die Schleiereule.

Es deuteten sich also Schwierigkeiten an. Aber erst in kritischen Situationen zeigt sich ja, was ein guter Präsident wert ist.

»Ich brauche jetzt Bleistift und Papier«, befahl der Haberer.

7

Die Beobachtung der Hüttenstraße und der düsteren Toreinfahrt mit der Hausnummer 17 lief nach sorgfältig ausgearbeiteten Plänen ab. Natürlich waren Forderungen wie ›keine Minute aus den Augen lassen‹ und ›rund um die Uhr‹ auf die Dauer nicht zu erfüllen. Man soll sich eben vor großen Sprüchen hüten. Die Detektive behalfen sich aber, so gut sie konnten. Sofort nach Schulschluß ging Toni mit Leo die erste Streife. Da seine Mutter berufstätig war, konnte er den Zeitpunkt fürs Mittagessen selbst bestimmen. Nach ihm folgten Babette und Andrea Beigelt, der Pilz, die dann um vier Uhr von Kadi und der Schleiereule abgelöst wurden. Eine letzte Wache gingen einträchtig Beate Zumbusch und die klebrige Elsa, welche schon am nächsten Morgen bonbonlutschend reumütig wieder zu den White Angels zurückgekehrt war.

Aber auch in der übrigen Zeit blieb die düstere Toreinfahrt nicht ganz ohne Beschattung. Alle Detektive hatten es sich zur Regel gemacht, bei Besorgungen, Gängen zum Zahnarzt, ins Kino oder zu Sportveranstaltungen einen Umweg durch die graue Hüttenstraße zu machen. Jeder, der wie Toni abends noch einen Hund auszuführen hatte, dehnte diesen Spaziergang jetzt etwas aus. Selbst der winzige Dada warf morgens und mittags auf seinem Marsch von und zum Kindergarten einen scharfen Blick in die geheimnisvoll gähnende Öffnung. Vorsichtshalber ging er jedoch auf der anderen Straßenseite. Nur ein sehr großer Schokoladenhase mit Kiepe und grünem Tirolerhut hätte ihn näher heranlocken können.

Es war ein regenreiches Frühjahr. Graue Wolkenkühe zogen vor dem scharfen Westwind über die naßglänzenden Dächer. Manchmal hingen sie so tief, daß man befürchten mußte, sie würden sich an spitzen Antennen oder schartigen Kaminkanten die Bäuche aufschlitzen. Glücklicherweise passierte das nie. Die Stadt wäre sonst im niederstürzenden Wasser ertrunken.

Trotz dieser Erschwernisse ging eine Fülle von Beobachtungen ein und wurde mit angemessener Sorgfalt protokolliert, einer Sorgfalt, die sie für lästige Schulaufgaben wahrscheinlich nie aufgebracht hätten. Der so gewalttätig aussehende Bursche in schwarzer Lederjacke hieß Willi Marinat, ließ sich aber aus undurchsichtigen Gründen Dagger nennen. Noch zwei weitere Typen gehörten der Bande an. Ein blutarmer, pickeliger Jüngling, der auf den Namen Nogge hörte, sowie ein älterer Mann mit einer speckigen Baskenmütze. Das Versteck dieser drei mußte irgendwo im Hintergelände der düsteren Toreinfahrt liegen; denn regelmäßig blickten sie sich wachsam nach allen Seiten um, bevor sie blitzschnell in den Schatten eintauchten und verschwunden blieben.

Alle diese Einzelheiten waren in mühsamer Kleinarbeit zusammengetragen worden. Keiner der White Angels hatte sich das Leben eines Detektivs so beschwerlich und leider auch so uninteressant und langweilig vorgestellt. Stunde um Stunde marschierten sie frierend die graue Straße auf und ab, drückten sich halb durchnäßt in zugige Türöffnungen, wischten sich die tränenden Augen. Nur ganz selten passierte etwas. Geradezu aufregend war es schon, wenn man von einem wütenden Hund angebellt oder von einer mißtrauischen Person fortgejagt wurde.

»Nein, so geht es einfach nicht weiter«, erklärte kopfschüttelnd Toni bei einer der regelmäßigen Lagebesprechungen der White Angels an Großmutters Küchentisch. Flüchtig blätterte er noch einmal das Heft mit den zahlreichen Eintragungen durch. Tage mit wichtigen Beobachtungen waren rot unterstrichen. Leider gab es sehr wenig Rot auf den letzten Seiten.

»Was willst du ändern?« fragte Babette und schob ihr Kinn kampflustig vor. Auch ihr schlug das lästige Wacheschieben allmählich auf die Stimmung. Aber die Plackerei hatte doch auch etwas eingebracht. Und immerhin war sie als erste auf den Mann mit der speckigen Baskenmütze aufmerksam geworden. Toni dagegen hatte noch keine Beobachtungen gemacht, die man rot unterstreichen konnte.

»In den letzten drei Tagen ist überhaupt nichts mehr passiert, wie abgeschnitten!« fand der jetzt sogar noch Unterstützung bei der Schleiereule.

»Nichts als Regen«, murrte Elsa.

»Und dieser blöde Köter von Nummer 20!« schimpfte Beate, die bei Haustieren wahrhaftig nicht beliebt zu sein schien. Jeder Hund schnappte knurrend nach ihren Beinen, jeder Kater fauchte sie feindselig an.

»Vielleicht haben die etwas gemerkt«, sagte Bomber, ein dikker und etwas schwerfälliger Junge, der überall zu spät kam und sich daher auch den White Angels verspätet angeschlossen hatte. Durch gründliches Nachdenken fand er oft einfache Lösungen, die schnellere Leute glatt übersehen hätten.

»Was gemerkt?«

»Daß wir hinter ihnen her sind.«

»Dann müssen wir eben in das Haus hinein!« erklärte Toni und schlug zur Bekräftigung mit der Faust auf den Tisch.

Sieben Augenpaare starrten ihn überrascht an. Sieben Kehlen schluckten aufgeregt. Hatte der Präsident wirklich *hinein* gesagt? Nur Leo lag ungerührt unter Großmutters Sessel und zwinkerte nicht einmal mit dem linken Auge. Einerseits hatte er überhaupt nicht zugehört, zum zweiten hätte er ja auch kein Wort verstanden, und drittens war er immer und überall bereit, irgendwohin zu gehen.

»Wie stellst du dir das denn vor?« erkundigte sich Babette behutsam.

»Weiß ich auch noch nicht. Aber hinein muß jemand, wenn wir überhaupt weiterarbeiten wollen.«

Ein heiseres Krächzen unterbrach ihn. War das ein menschlicher Laut? Alle sahen zu Kadi hinüber, der unter den verwundert fragenden Blicken immer tiefer in sich zusammensackte und zuletzt kaum noch über den Tisch gucken konnte.

»Wolltest du einen Vorschlag machen?« Babette lächelte ihm ermutigend zu.

74

»Ja, nämlich ...«, er räusperte sich mehrmals, wischte sich
über die Stirn. »Ich bin doch schon drin.«
Was war das für ein merkwürdiges Gestottere? Kadi sprach
doch sonst ein verständliches Deutsch.
»Wo bist du drin?«
»In dem Haus. Es ist nämlich ein Doppelhaus. Ich wohne in
Nummer 19. Das ist der Eingang von der anderen Seite.«
Den anderen verschlug's den Atem. Das war ja eine ungeheure
Neuigkeit. Warum hatte das denn niemand gewußt?
»Ihr habt mich ja nie gefragt.«
Nein, daran hatte wirklich keiner gedacht, mußten sie jetzt be-
schämt zugeben. Der kleine Türke durfte zwar bei den langweili-
gen Streifengängen mitmachen und sich auf der feuchtkalten
Straße die Beine in den Leib stehen. Was er sonst noch trieb, wo
er wohnte, ob er Geschwister hatte, dafür interessierte sich eigentlich niemand. Er war ja auch nichts Besonderes, nur ein
schmächtiger, etwas schüchtern wirkender Junge mit kaffeebrau-
nen Augen.
»Da haben wir einmal unverschämtes Glück!« Toni erfaßte
die veränderte Situation zuerst. »Könntest du uns nicht einfach
in das Haus hineinschmuggeln?«
»Wieso schmuggeln?« Kadi guckte verständnislos. »Du
kannst mich doch besuchen kommen.«
»Das fällt aber auf.«
»Warum sollte das auffallen?«
Ja, warum eigentlich? Was war merkwürdig daran, einen türkischen Schulkameraden zu besuchen? Nichts, wenn man die Sache nüchtern betrachtete.
»Also gut, gehen wir«, entschied Toni.
»Ich komme mit«, forderte Babette.
»Nichts da, das ist gefährlich und eine Angelegenheit für
Männer.«
Schon wollte Babette aufbrausen. Was bildeten sich die beiden
wohl ein? Da bemerkte sie noch eben rechtzeitig, wie Kadi sich
in seinem Stuhl aufreckte. Die Hände mit den stumpf abgekau-
ten Fingernägeln ballten sich zu Fäusten. Die Augen funkelten

75

schwarz vor Erregung. »Na schön, dann schiebt mal los, ihr . . . Männer!« Und in diesem Augenblick war das Wort Männer nicht einmal spöttisch gemeint. »Aber bis in die Hüttenstraße gehen wir auf jeden Fall mit.«

Wie üblich regnete es Bindfäden. Die Kinder hielten sich dicht an den schützenden Hauswänden, sprangen über schlammige Pfützen, liefen eine kurze Strecke in schnellem Trab. Dann stöhnte die Schleiereule über schmerzhafte Seitenstiche und fiel zurück. Unermüdlich, mit strähnig nassem Fell und blaurot hechelnder Zunge stürmte Leo voraus. Er schien den Regen und die wachsende Aufregung zu genießen.

»Halt!« befahl Haberer zwanzig Schritte vor der düsteren Toreinfahrt. »Ihr verteilt euch jetzt unauffällig auf die nächsten Haustüren. Babette, du behältst Leo bei dir. Wenn wir in Gefahr sind, geben wir euch sofort ein Zeichen.« Er zögerte, schielte zum Haus mit der Nummer 19 hinüber. »Hat eure Wohnung überhaupt Fenster zur Straße, Kadi?«

»Unsere Fenster gehen alle auf die Straße, leider, sonst hätte ich doch schon längst rausgekriegt, was die Typen im Hof anstellen.«

Man konnte von der Wohnung also nur die Freunde sehen, nicht aber die Feinde. Das war ein Nachteil. Vielleicht gab es günstigere Beobachtungsplätze im Flur oder auf dem Dachboden. Man mußte abwarten.

»Wir geben euch also ein Signal, wenn wir Hilfe brauchen.«

»Das zweite Fenster oben rechts«, erklärte Kadi noch, dann huschten beide mit eingezogenen Köpfen davon, ohne sich noch einmal umzuwenden.

Der Regen war stärker geworden. Ein launischer Wind trieb sprühende Wasserwolken die Straße entlang, die an Hausecken und Eingängen kreisende Wirbel bildeten. Kein Hund und keine Katze zeigten sich vor den Türen.

»Nur wir Idioten stehen noch draußen«, flüsterte Babette Leo in die aufmerksam gespitzten Ohren. »Die zwei machen es sich im Haus gemütlich.«

Aber gemütlich konnte man den dämmerigen Hausflur beim

besten Willen nicht nennen. Die Luft roch stickig nach verbranntem Fett. An den Wänden war der Putz an zahllosen Stellen gerissen und drohte herabzufallen.

»Eine Treppe hoch«, flüsterte Kadi aufgeregt, als könnte hinter den blinden Scheiben der Etagentüren jemand stehen und ihnen auflauern.

Auch Toni bewegten unbehagliche Gedanken. Auf was hatte er sich da nur eingelassen? Vielleicht benutzten die drei Burschen die Toreinfahrt Nummer 17 lediglich zur Tarnung, liefen über den gemeinsamen Hof zum Eingang Nummer 19 hinüber und begegneten ihnen gleich auf dem nächsten Treppenabsatz. Dann hatte man nicht mal mehr Zeit, ein Signal zu geben.

Eine Tür öffnete sich. Wärme und Licht empfingen ihn. Der säuerliche Dunst blieb zurück. Ein erstauntes Gesicht lächelte ihn etwas ängstlich aus mandelförmigen Augen an. Er wurde vorwärts geschoben.

»Das ist mein Freund«, stellte Kadi feierlich vor.

Zwei Mädchen und eine junge Frau saßen um einen runden Tisch mit irgendeiner Handarbeit beschäftigt, bei der Perlen gefädelt wurden. Alle drei trugen weite rosa Pumphosen und rosa Pantoffeln. Oben allerdings einen Pullover wie andere Frauen und Mädchen auch.

»Meine Mutter, meine Schwestern.«

Das war bestimmt richtig so und gut gemeint, aber Toni war doch nicht zu einem Höflichkeitsbesuch gekommen. Er nickte deshalb nur kurz und schielte dann zum Fenster hin. Das ging wirklich auf die Straße. Silbergrau schimmerten die regennassen Dächer von der anderen Seite herüber.

Was wollte die Frau denn von ihm? Mit eindringlichen Gesten deutete sie auf eine messingblinkende Schale in der Mitte des Tisches. Beide Mädchen kicherten. Sie waren jünger als ihr Bruder.

»Du mußt etwas nehmen!« verlangte Kadi.

Eine von diesen roten, grünen und weißen Kugeln, die aussahen wie klebriges Zuckerzeugs? Gut, wenn es wirklich sein mußte. Er wählte zögernd eine giftgrüne, möglichst kleine, die sich wirklich sehr klebrig anfühlte. Das wäre etwas für Elsa gewesen. Die Frau sagte etwas in einer fremden, hellklingenden Sprache.

»Danke«, antwortete Toni, ohne eigentlich zu wissen, was man von ihm wollte. Er wünschte sich weit fort, nach draußen in den strömenden Regen. Hier in der überheizten Wohnung gab es für einen Detektiv ohnehin nichts zu entdecken. Die kaffeefarbenen Augen der Mädchen funkelten ihn immer noch neugierig an.

»Komm!« Er stieß Kadi nachdrücklich in die Rippen. »Wir müssen weiter.«

»Ja, sofort.«

Aber der kleine Türke rührte sich nicht von der Stelle, sondern schwatzte aufgeregt mit seinen Schwestern, die zuerst heftig die Köpfe schüttelten, dann wiederholt in die dem Fenster abgewandte Zimmerecke deuteten. Gab es dort etwas Besonderes zu sehen? Nur einen altmodischen Küchenschrank und daneben zwei rote Papierfähnchen mit weißem Halbmond.

»Hinten im Hof«, flüsterte Kadi jetzt. »Nasra sagt, die drei Männer verschwinden immer in den Stall hinten im Hof.«

»Dann komm! Wir sehen uns das an!«

Obwohl die Mutter beschwörend ihre Arme hob, an denen dünne Silberreifen klingelten, und Unverständliches in der hell singenden Sprache rief, verließen beide Jungen das Zimmer. Sie hatten schon genug Zeit verloren, wenn auch der getuschelte Hinweis des Mädchens in rosa Pumphosen ziemlich erfolgversprechend klang.

In der Toreinfahrt atmete Toni tief durch. Der strömende Regen hatte den Geruch von Abfall und Müll weggewaschen. Nach der klebrigen Wärme des Hauses schmeckte die feuchte Luft sauber und kühl. Sie schlichen lautlos bis zur Hausecke und spähten in den Hof. Ja, da war eine Hecke und dahinter das Stallgebäude auf dem Nachbargrundstück, etwa zwanzig Schritte entfernt. Eine rohe Brettertür, blinde Scheiben, nichts schien auf den ersten Blick außergewöhnlich oder gar verdächtig.

»Ob sie wohl drin sind?« flüsterte Kadi besorgt.

»Ich seh kein Licht.«

78

»Vielleicht beobachten sie uns.«

Das war möglich, aber doch wenig wahrscheinlich. Woher sollten die drei wissen, daß ihnen jemand auf den Fersen war? Nein, die fühlten sich bestimmt sicher wie in Abrahams Schoß. Wenn man wenigstens einen kurzen Blick durch die Scheiben werfen könnte! Aber der Hof bot keine Deckung.

»Ich klettere einfach hinüber«, bot sich Toni an.

»Ich komm mit.« Kadi ließ sich nicht abschütteln. Eigentlich wäre es ja seine Pflicht gewesen, den Hinterhof zu erkunden. Er hätte es schon vor Tagen tun müssen. Die anderen würden ihn für einen elenden Feigling halten.

Schlamm spritzte unter ihren Füßen auf, als sie von der Rücklehne einer Gartenbank über die Hecke sprangen. Sofort waren sie bis zu den Knien durchnäßt. Das Fenster in der Tür zeigte eine so dicke Schmutzschicht, daß man überhaupt nicht hindurchblicken konnte. Auch die durch ein rostiges Gitter geschützten Scheiben in der Seitenwand waren blind wie ein angelaufener Spiegel. Hier gab es nichts zu sehen. Unentschlossen zögerten sie noch. Was konnte man tun? War die Tür vielleicht offen? Kadi rüttelte kräftig. Nein, das Sicherheitsschloß sah blank und ziemlich neu aus.

»Halt! Was sucht ihr denn da?« Der ältere Mann mit der zerdrückten Baskenmütze hatte sich unbemerkt genähert und stand plötzlich hinter ihnen.

»Nichts.« Tonis Stimme klang merkwürdig heiser, als spräche gar nicht er selbst.

»Wir suchen meine kleine Schwester.« Dem schüchternen Kadi war doch wahrhaftig zuerst eine gescheite Ausrede eingefallen.

»Da drin?« Der Mann schien das nicht recht zu glauben. Nachdenklich kratzte er sich das stoppelige Kinn.

»Vielleicht haben Sie etwas gesehen? So eine Schwarzhaarige mit rosa Pumphosen.« Toni redete hastig drauflos, um die Geschichte noch etwas auszumalen.

Die wäßrigen Augen blickten weiterhin zweifelnd. So ging es also nicht. Und weglaufen? Der Mann war alt und hatte ziemlich kurze Beine. Auch zu spät! Eben tauchte in der Durchfahrt die schwarze Lederjacke auf. Der Rückweg war blockiert.

»Was ist los, Karl?«

»Weiß nicht, Dagger. Die beiden schnüffeln hier so rum. Hab sie schon vom Fenster beobachtet.«

Tückisch grinsend schlenderte der mit der Lederjacke heran, trat plötzlich mit dem rechten Stiefel in eine Pfütze, daß Schmutzwasser hoch aufspritzte und die ängstlich zurückweichenden Detektive überschüttete.

»Euch kenn ich doch! Ihr lungert schon seit Tagen hier in der Straße rum, he?«

»Vielleicht haben die uns . . .«, begann der Ältere zu stottern.

»Schnauze!« Dagger fuhr sich kurz mit dem Zeigefinger unter die schniefende Nase. »Am besten, ich nehm mir die beiden mal vor. Werden wir gleich haben. Mach schon. Schließ auf!«

»Aber da drin . . .«

»Was ist da drin, he?«

»Kannst du sie dir nicht gleich hier draußen vornehmen? Geht doch viel schneller.« Der Ältere wand und krümmte sich, schien aber fest entschlossen zu sein, die Brettertür nicht zu öffnen. Weshalb bloß?

»Mann, bist du dämlich! Wo hier jeder zugucken kann?«

Toni zerbrach sich den Kopf. Gab es wirklich keine Möglichkeit mehr, den beiden zu entwischen? Wenn dieser Willi Marinat, der sich Dagger nennen ließ, sie erst mal in seinem Stall hatte, war es sicherlich zu spät. Vielleicht konnten sie einfach in verschiedenen Richtungen davonrennen? Dann wußten die zwei in erster Verwirrung nicht, wem sie folgen sollten. Aber wie sich unter diesen kalten Blicken verständigen? Und Kadi allein zurücklassen, das ging auch nicht. Ungefähr zwanzig Schritte dehnte sich der Weg bis zur Toreinfahrt.

»Los! Rein mit euch!« Die Baskenmütze hatte jetzt nachgegeben und fummelte am Schlüsselloch herum. Knarrend öffnete sich die Brettertür.

Also zu spät! Mit einem letzten Blick maß Toni noch einmal die Entfernung zur rettenden Straße. Um die Hausecke lugte ein rötlicher Haarschopf. Und dann schoß mit Riesensätzen ein goldbraunes Pelzbündel durch Pfützen und Schlamm.

»Hierher, Leo!« rief Toni

Doch Leo brauchte keine Anweisungen. Er verstand sein Geschäft von Grund auf. Grollend fuhr er Dagger an die blaubehosten Waden, daß der sich nur noch durch einen hastigen Sprung in das düstere Innere des Stalls retten konnte, wohin auch schon die Baskenmütze verschwunden war. Krachend schlug die Tür zu.

»Das war verdammt knapp«, stellte Toni aufatmend fest und umarmte Leos strähnig nasse Mähne. Der Hund war kaum zu halten, seine Brust bebte und keuchte, die Hinterpfoten schleuderten Schlamm und Wasser durch die Luft.

Aus dem dunklen Stall drang kein Laut. Ohne sich noch einmal umzublicken, verließen die drei den Hof und liefen auf die Straße hinaus, wo die anderen schon ungeduldig warteten.

8

»Das war wirklich Rettung im allerletzten Augenblick!« Erst drei Häuserblocks weiter fiel Toni in einen gemächlicheren Trab, so daß auch Elsa, die sich im Laufen fast an einem Bonbon verschluckt hatte, wieder aufschließen konnte. »Nur eine Minute später, und die hätten uns gewaltig in die Mangel genommen.« Schon die Erinnerung an Daggers kalte Augen genügte, um seine Schritte erneut zu beschleunigen.

»Warum habt ihr uns denn kein Zeichen gegeben?« Babette gab sich ziemlich kratzbürstig. »Wir frieren uns in den Hauseingängen die Nasen blau, während ihr die Helden spielt.«

»In besonderen Situationen muß man eben auf eigene Faust handeln.«

»Hab ich dann ja auch«, stellte sie befriedigt fest. In Wirklichkeit jedoch hatte Leo gehandelt, sich unversehens losgerissen, die richtige Einfahrt gefunden und den schlammigen Hof gestürmt.

Der Regen schien etwas nachzulassen, doch die Stimmung blieb gedrückt. Nachdem sich die Begeisterung über die gelungene Flucht erst einmal gelegt hatte, begannen sie sich zu fragen, was denn nun wirklich erreicht worden war. Überhaupt nichts, wenn man die Frage ehrlich beantwortete. Wahrscheinlich steckten sie jetzt nur noch tiefer in der Tinte. Kein White Angel würde sich so schnell wieder in die Nähe der Hüttenstraße und damit in Reichweite der schwarzen Lederjacke wagen können. Selbst Dada mußte wohl in den nächsten Tagen einen Umweg machen.

»Die vergreifen sich sogar an kleinen Kindern!« behauptete die Schleiereule.

»Und Kadi?«

Jetzt erst fiel ihnen auf, daß der Türkenjunge noch stiller wirkte als sonst. Kein Wunder, er mußte nämlich allein in die

Hüttenstraße und in das gefährliche Haus zurück. Daran hatte noch niemand gedacht.

»Was machen wir?« fragte Babette.

»Wir bleiben alle zusammen und bringen ihn bis zur Tür«, schlug Toni vor. »Solange Leo dabei ist, gehen die uns schon aus dem Weg.«

»Und morgen?«

»Morgen früh holen wir ihn wieder ab.«

»Und übermorgen?«

Auf lange Sicht war das natürlich keine Lösung. Sie konnten nicht über Wochen Kindermädchen spielen. Andererseits durfte Kadi auch nicht im Stich gelassen werden.

»Wir gehen zur Polizei!« forderte Babette.

»Und was wollen wir dort?« Toni hielt nichts von diesem Einfall. Fachleute lösen ihre Aufgabe selbst, ohne fremde Hilfe. »Wir haben doch nichts in der Hand.«

»Und der Schokoladenhase?«

Das war ja geradezu lächerlich. Man kann doch nicht zur Polizei laufen und zu einem Kommissar sagen: ›Da drüben in der Hüttenstraße lauert eine gefährliche Bande, die Schokoladenhasen verschenkt.‹

»Kann man doch!« trumpfte jetzt sogar die Schleiereule auf. »Wenn nämlich dieser Hase vorher wochenlang in Opa Karankes Kiosk gestanden hat.«

Die Stimmung der White Angels, das spürte Toni in diesem Augenblick deutlich, wandte sich gegen ihn. Letzten Endes ging es hier ja nicht mehr um Boss Czupka und seine Bande – die waren fast schon vergessen – sondern um einen aus ihren eigenen Reihen, um Kadi.

»Also gut«, entschied er deshalb. »Gehen wir zur Polizei. Morgen mittag nach der Schule. Und wer geht?«

Niemand drängte sich vor. Niemand wollte dem Präsidenten und seinem ersten Detektiv diese verantwortungsvolle Aufgabe streitig machen. Mit Ämtern sind eben auch Pflichten verbunden. Elsa Humpert scharrte verlegen mit dem Fuß. Bomber starrte einer unruhig flatternden Taube nach. Die Schleiereule blickte Babette so unverwandt aus wäßrigen Augen an, daß diese gar nicht anders konnte, als sich erst einmal kräftig zu räuspern. Irgendwie mußte ihr bei der eiligen Flucht durch die Hüttenstraße Staub und Ruß in die Kehle gekommen sein.

»Na schön, der Haberer und ich.«

Damit war die Angelegenheit vorerst zu aller Zufriedenheit geregelt. Schweigend machten die White Angels kehrt, um ihren türkischen Kameraden unbehelligt an der Haustür Hüttenstraße 19 abzuliefern. Drei Schritte voraus stürmte Leo, heftig an Geschirr und Leine zerrend. Er schien sich wahrhaftig auf eine weitere Auseinandersetzung mit Dagger und der Baskenmütze zu freuen. Aber die düstere Toreinfahrt wirkte leer. Auch hinten im Hof regte sich nichts.

»Bis morgen, Kadi.«

»Bis morgen früh.«

Die schmächtige Gestalt im grauwollenen Pullover verschwand hinter blinden Scheiben. Leo bellte einmal drohend. Mehr gab es an diesem Tag nicht zu tun. Schweigend schlenderte die Gruppe durch den Regen davon. Jeder hing eigenen Gedanken nach. An der zweiten Straßenecke verabschiedete sich die Schleiereule mit kurzem Kopfnicken. Dann bogen Andrea Beigelt und die klebrige Elsa nach links ab. Hundert Meter weiter waren auch Beate Zumbusch und Bomber verschwunden. Babette und Toni allein folgten dem Hund, der ausgiebig jede Mauerecke beschnüffelte und zuweilen das rechte Hinterbein hob. Beide blickten starr geradeaus, als gäbe es in der Ferne etwas ungeheuer Interessantes zu sehen.

»Bist du sauer, weil wir dich überstimmt haben?«

»Bin doch kein Depp!«

»Du guckst aber so.«

»Du doch auch.«

Es gab wirklich keinen Anlaß zu diesem albernen Gelächter. Es brach einfach in ihnen auf, als hätte sich etwas zu lange aufgestaut. Leo blieb mit erhobenem Bein überrascht stehen. Ihm war dieser plötzliche Stimmungswechsel unerklärlich.

»Wir schaffen es schon. Irgend etwas wird uns einfallen, wenn wir erst einmal eine Nacht darüber geschlafen haben«, versicherte Babette im Ton ihrer Großmutter. »Verlaß dich drauf!«

»Natürlich«, sagte Toni.

Aber mit dem Einschlafen war das so eine Sache. Toni wälzte sich noch stundenlang unruhig und schwitzend in seinen Kissen. Daran konnte natürlich der kalte Kartoffelsalat Schuld tragen, den er mit zwei Glas Milch frisch aus dem Kühlschrank hinuntergespült hatte. Er versuchte es mit bewährten Hausmitteln, begann, Kühe zu zählen. Doch alle Kühe trugen rosa Pumphosen und blickten ihn mit Kadis Augen kaffeebraun und traurig an. Es war eine lange und fürchterliche Nacht.

Dem ersten Detektiv der White Angels erging es nicht viel besser. Nur zwei Straßen entfernt träumte Babette von düsteren Toreinfahrten, aus denen in endloser Folge bärtige Männer mit schwarzen Lederjacken hervorsprangen. Sie drohten, hoben die Fäuste und brüllten: ›Rache für den Schokoladenhasen!‹

Das war natürlich haarsträubender Unsinn. Babette wußte genau, daß Träume nichts mit dem wirklichen Leben zu tun haben. Trotzdem wirkte sie am nächsten Morgen leicht verstört. Es regnete noch immer.

Die anderen White Angels schienen ähnliches durchgemacht zu haben. Sie erschienen genauso unausgeschlafen in der Schule wie schon seit Tagen Boss Czupka und dessen Bande. In den Pausen hockten sie in einer Ecke des Schulhofes trübselig zusammen. Nein, niemand hatte über Nacht einen erlösenden Einfall gehabt. Auch Kadi nicht, der pünktlich um halb acht in der Hüttenstraße abgeholt worden war. Es gab offenbar keinen anderen Ausweg, man mußte zur Polizei gehen.

In der vierten Stunde, Physik bei Herrn Hempelmann, schrieb Toni sich vorsichtshalber ein paar Stichworte auf einen Zettel für den Fall, daß ihm in Gegenwart eines Kommissars vor lauter Aufregung nichts mehr einfiel. Beinahe wäre er dabei erwischt worden. Gerade noch rechtzeitig konnte er das Papier unter dem Tisch verschwinden lassen. Der Tag ließ sich nicht gerade erfolgversprechend an.

»Wie ist das, gehen wir sofort?« fragte Babette nach dem letzten Klingelzeichen.

»In der Mittagszeit?«

»Hast du doch gestern selbst vorgeschlagen.«

Auch ein Kommissar würde doch wohl zu Mittag eilig nach Hause wollen. Und wahrscheinlich wäre es überhaupt besser, wenn er satt und zufrieden hinter seinem Schreibtisch säße als hungrig und dadurch reizbar.

»Na gut, dann treffen wir uns um zwei.«

Aber selbst das war noch zu früh. Sie mußten warten, saßen ungeduldig auf einer harten Bank ohne Rückenlehne, baumelten mit den Beinen und studierten gelangweilt die ausgehängten Steckbriefe, welche riesige Belohnungen versprachen. Die Verbrecher auf den Plakaten sahen eher etwas dümmlich und gar nicht furchteinflößend aus. Aber vermutlich verstellten sie sich nur. Ob wohl Boss Czupka und seine Jungens auch schon hier aushingen? Nein, Babette konnte sie nirgends entdecken.

Toni überlegte sich gerade zum viertenmal eine Liste von stichhaltigen Begründungen und Beweisen, die sie für ihren Verdacht anführen konnten, als der Kommissar ohne Hast und Eile den Gang herunterschlenderte. Man erkannte ihn sofort an der randlos funkelnden Brille.

»Na ihr beiden, wollt ihr zu mir?«

Das war für einen Kriminalisten aber eine äußerst blöde Frage, fand Babette. Weshalb saßen sie denn sonst wohl vor seiner Bürotür?

»Hinein mit euch!«

Der barsche Ton wurde durch leichtes Zwinkern des linken Auges etwas gemildert. Trotzdem fühlten sich die beiden Detektive ziemlich unbehaglich. Schweigend hockten sie weit von einander entfernt auf steiflehnigen Stühlen und musterten den winzigen Raum. Hier wurden also stundenlange Verhöre abgehalten, Verdächtige durch hinterhältige Fangfragen zermürbt, bis sie sich unaufhaltsam im Gewirr ihrer Lügen verstrickten.

»Was gibt es?«

Da ging es schon los! Hinter funkelnden Brillengläsern blickten graue Augen durchdringend und scharf. Man würde nicht viel vor ihnen verbergen können. Aber man hatte ja Gott sei Dank auch nichts zu verbergen.

»Wir kommen wegen der Blue Tigers«, begann Babette zaghaft und wunderte sich selbst, daß ihre Stimme so leise und kratzig klang.

»Aha, ihr wollt endlich ein Geständnis ablegen?«

»Wieso wir?«

Verwirrt blickten sich die Kinder an. Was hatte der vor? Wollte er sie einschüchtern? Hielt er sie am Ende für Mitglieder von Czupkas Bande? Das Gespräch schien jetzt schon in eine falsche Richtung zu laufen.

»Wir können beweisen, daß die Blue Tigers unschuldig sind«, schaltete sich Toni hastig ein.

»So? Könnt ihr das?« Dieses ›so‹ klang fragend, gedehnt und ungläubig. Es schien sagen zu wollen: Meine Lieben, ich bin viel zu lange Polizist, um noch auf solch einen Schmus hereinzufallen. »Dann laßt doch mal hören.«

Ja, wo mußte man jetzt vernünftigerweise anfangen? Babette öffnete den Mund, schloß ihn aber sofort wieder. Toni versuchte verzweifelt, sich an die Stichworte auf seiner Liste zu erinnern. Sie waren wie weggehext. Schließlich schafften sie es in gemeinsamer Anstrengung.

»Es fängt mit Dada an«, behauptete Babette.

»Mit einem Schokoladenhasen« half Toni weiter.

»Und die Schleiereule hat es gemerkt.«

Es wurde eine sehr wirre und abenteuerliche Geschichte. Selbst den Kindern kam sie in dieser nüchternen Umgebung nicht mehr so überzeugend vor. Der Kommissar hörte ihnen aber zu, ohne mit der Wimper zu zucken. Er schien Schlimmeres gewohnt zu sein.

»Soso«, murmelte er, als Babette ihren Bericht mit Leos Angriff auf die Hosenbeine der schwarzen Lederjacke abgeschlossen hatte. »Und was erwartet ihr jetzt von mir?«

Wieder so eine blöde Frage! Sah der Mann denn nicht, was zu tun war? Da mußte als erstes einmal Kadi beschützt werden.

Dann war der Überfall auf Opa Karanke zu bestrafen. Am besten fuhr er sofort mit ein paar schnellen Streifenwagen zur Hütten-straße. Aber auf so naheliegende Gedanken kam der überhaupt nicht. Statt dessen schlenderte er jetzt in aller Ruhe zur Fenster-bank und stocherte mit einem Hölzchen in seinen Kakteentöpfen herum.

»Und die Beweise?«

Ja, reichte das denn immer noch nicht? Der Schokoladenhase mit Kiepe und Tirolerhut? Das nagelneue Sicherheitsschloß an der Brettertür? Kartons und Flaschen, die Kadi im dunklen Hin-tergrund des Stalles erspäht hatte?

»Nun, verdächtig ist das schon.« Wenigstens soviel gab er zu.

»Wir werden der Sache nachgehen. Und unternehmt nichts mehr auf eigene Faust.«

Das war wirklich der Gipfel! Wer außer den White Angels hatte denn überhaupt etwas unternommen? Die Polizei etwa? Der schien doch ein gut gelockerter Boden für ein paar verlauste Kakteen wichtiger zu sein! Obwohl beide folgsam nickten, hat-ten weder Babette noch Toni vor, die Angelegenheit trägen Be-amten zu überlassen.

»Dann also vielen Dank für den guten Tip. Und macht euch mal keine Sorgen.«

Höflich geleitete er seine Gäste zur Tür und schüttelte ihnen kräftig die Hände.

»Meinst du, er hat uns geglaubt?«

»Kein Wort!« schnaufte Babette empört.

»Aber er hat doch gesagt...« Je länger Toni darüber nach-dachte, desto mehr fiel ihm auf, daß der Kommissar eigentlich überhaupt nichts gesagt hatte. Entsprechend dünn würde auch der Bericht ausfallen, den sie den ungeduldig wartenden White Angels zu geben hatten. Höhnisch grinsten die Steckbriefgang-ster von den Wänden auf sie herab.

»Was machen wir jetzt?«

»Erst mal eine Versammlung«, forderte Babette. »Uns wird schon etwas einfallen.«

Es fiel ihnen aber nichts ein. Über eine halbe Stunde saßen sie jetzt brütend um Großmutters runden Küchentisch. Andrea Beigelt, die Protokollführerin, hatte schon mehrfach den Bleistift angekaut und dann an ihrem Ärmel wieder trocken gewischt. Zu schreiben gab es heute nichts.

»Also, ich finde es ungeheuerlich«, rief plötzlich die Schleiereule, »daß dieser Kommissar sich nur um seine lausigen Kakteen kümmert und dafür Verbrecher frei herumlaufen läßt!«

»Soll ich das aufschreiben?« fragte der Pilz eifrig.

»Nein«, sagte Toni.

Aber das Wort schreiben hatte den etwas langsamer denkenden Bomber auf einen neuen Gedanken gebracht.

»Wir könnten einen Brief an die Zeitung schicken, um auf diese leichtfertige Unterschlagung von wichtigem Beweismaterial aufmerksam zu machen.«

Das fanden die anderen gar nicht so schlecht. Wenn man Bomber nur genügend Zeit ließ, hatte er meistens großartige Einfälle. Die Stimmung besserte sich erheblich. Sie versuchten sich schon in geschickten Formulierungen. Selbst Haberer hatte keine wesentlichen Einwände.

»Und an welche Zeitung?«

»Das ist doch ganz egal.«

»Was wollt ihr an die Zeitung schreiben?« Die Großmutter trug eine große Platte gedeckten Apfelkuchen herein und stellte sie mitten auf den Tisch. »Ihr heckt doch nicht schon wieder Unsinn aus?«

»Das ist kein Unsinn!« Heftig kauend verteidigte Babette Bombers Vorschlag. »Wir müssen jetzt irgendwie Hilfe herbeitrommeln. Und da ist eine Zeitung der beste Weg.«

»Bestimmt nicht so gut wie die alte Brisalsky.« Zufrieden lächelnd blickte die Großmutter noch einmal auf ihren Apfelkuchen, der in der kurzen Zeit schon viel kleiner geworden war und merkwürdig zackige Formen angenommen hatte. Geschäftig schlurfte sie wieder hinaus.

»Die alte Brisalsky, ich werd verrückt!« Babette verschluckte sich an einem Krümel, mußte fürchterlich husten, rang keuchend nach Atem, bis ihr Toni sachkundig den Rücken klopfte. »Daß wir nicht von selbst darauf gekommen sind!«

»Wer ist die alte Brisalsky?«

Das konnte wirklich nur die Schleiereule fragen, die sich in ihrer vernünftigen Art ja nie an den Spielen der Kinder beteiligt hatte. Und bis in ihre entlegene Straße, drei Blocks entfernt, war der Ruf der wunderlichen Frau Brisalsky anscheinend noch nicht vorgedrungen. Alle anderen wußten jedoch Bescheid. Und alle anderen wußten auch, daß man, um eine Neuigkeit rasch und glaubwürdig zu verbreiten, sie nur der alten Brisalsky zustekken mußte. Wie ein Lauffeuer fraß sich die Nachricht dann durch die Straßen. Da kam wahrhaftig keine Zeitung mit.

»Und wie bringen wir's ihr bei?« Beate Zumbusch fand den Vorschlag zwar sehr gut, dachte aber auch daran, daß die alte Brisalsky Kindern gegenüber äußerst mißtrauisch war. Zu oft hatte man ihr im Lauf der Jahre boshafte Streiche gespielt.

»Wir schieben einen Zettel unter der Tür durch.«

Alle starrten Bomber mitleidig an. Das war nun wirklich kein toller Einfall. Er hätte sich ruhig etwas mehr Zeit nehmen können. Um die alte Brisalsky in Marsch zu setzen, mußte man sich schon etwas Gewichtigeres ausdenken als einen von Kinderhand beschriebenen Zettel.

»Wenn du jetzt durch die Wand gehen könntest!« Auffordernd blickte Babette von Toni zur Rosentapete hinüber.

»Schon«, sagte der störrisch. »Ich kann's aber nicht.«

Natürlich konnte er's nicht. Es hatte ja auch niemand ernsthaft daran geglaubt. Außer Kadi vielleicht. Und selbst der nur für einen Augenblick, getäuscht durch eine schwingende Landkarte und eine lautlos zufallende Tür. Hinterher hatte er sich wegen seiner Einfalt geschämt. Wo steckte er heute? Jetzt, wo aus dem Spiel bitterer Ernst wurde, schien er sich drücken zu wollen.

»Dann muß man's eben irgendwo hinschreiben«, erklärte Bomber, der seinen einmal eingeschlagenen Gedankengang zäh und beharrlich weiter verfolgt hatte, »wo sie es sofort sehen kann, und mit einer gefälschten Unterschrift.«

»Am besten auf einen Spiegel oder auf die Tischplatte«, erinnerte sich die klebrige Elsa jetzt an gruselige Gespenstergeschichten, die sie auf ihrem Dachboden bonbonlutschend ohne den leisesten Schauder zu lesen pflegte. »Mit einem Lippenstift, das wirkt wie echtes Blut!« Suchend kramte sie in ihrer Hosentasche herum. »Hier, ich hab ihn von meiner Mutter ausgeliehen.« »Und was sollen wir schreiben?« Babette drehte den Stift probeweise aus seiner Hülle. Er leuchtete wirklich blutigrot.

»Daß die Gangster, die Opa Karanke überfallen haben, sich in der Hüttenstraße verstecken. Das genügt.«

Es würde sicherlich genügen. Aber um diese Botschaft an deutlich sichtbarer Stelle anbringen zu können, mußte man ja erst mal in der Wohnung der alten Brisalsky sein. Da lag der Hund begraben. Die pingelige Schleiereule wies auf diese Voraussetzung hin. Entmutigt senkten alle White Angels die Köpfe.

»Teifi!« Babette schlug mit der Faust auf den Tisch. Sie benutzte dieses Schimpfwort, das sie erst vor wenigen Tagen gelernt hatte und noch unvollkommen beherrschte, nur in äußersten Notfällen. Hier schien es angebracht. Die Lage konnte gar nicht schlimmer sein.

»Augenblick mal!« Toni stand auf. Er empfand tiefes Mitleid mit seiner Freundin. Sie hatte so fest an die gemeinsame Arbeit und den Erfolg geglaubt, daß sie jetzt mit der Enttäuschung nicht fertig zu werden schien. Nur mühsam unterdrückte sie die Tränen. »Ich geh einfach um die Wand herum, wenn ich schon nicht mitten hindurch kann.«

»Was soll das denn wieder?« regte sich Beate Zumbusch auf. »Erst heißt es durch die Wand, dann um die Wand. Ich versteh überhaupt nichts mehr.«

Aber Toni war schon zum Fenster gegangen. Er öffnete die Flügel weit und lehnte sich hinaus. Ein schmaler Sims führte an der stuckverzierten Fassade zum Balkon der alten Brisalsky hinüber. Für einen geübten Bergsteiger bot dieser Weg keine allzu großen Schwierigkeiten. Ehe die anderen sein Vorhaben überhaupt begriffen, hatte er sich schon hinausgeschwungen und hing mit Zehen und Fingerspitzen am nassen Mauerwerk. Es war einfacher als in den Bergen, kein Steinschlag, kein brüchiger Fels zu befürchten. Nach zehn, zwölf tastenden Schritten sprang er über leere Geranienkästen hinweg auf den Balkon der Nachbarwohnung. Beruhigend winkte er den sechs Gesichtern zu, die aus dem offenen Fenster hinter ihm her starrten.

»Was mach ich, wenn sie gerade hier in dem Zimmer ist?«

»Keine Angst«, flüsterte Babette zurück. »Daran hab ich schon gedacht. Die führt doch jeden Nachmittag ihren Kater im Park spazieren.«

Falls jetzt noch die Balkontür der alten Brisalsky offenstand, war alles ein Kinderspiel. Wesentlich einfacher, als durch eine gemauerte Wand zu gehen!

Die Tür war zu, aber nicht abgeschlossen. Geräuschlos schob Toni sie auf. Muffiger Geruch schlug ihm entgegen. Die Wohnung lag dunkel und still, keine Uhr tickte, keine Fliege summte. Und da kam ihm plötzlich das Ungeheuerliche seines Tuns zu Bewußtsein. Er, der Haberer Toni, bemühte sich, anderen Leuten ein Verbrechen nachzuweisen, und war doch gerade selbst dabei, in ein fremdes Zimmer einzudringen. Irgend etwas paßte hier nicht zusammen. Behutsam zog er die Tür wieder ins Schloß.

Aber die Botschaft! Unschlüssig drehte er den Stift aus der Hülse, blickte umher. Nur die spiegelnde Scheibe bot sich als Schreibtafel an. Eilig zog er große, verschmierte Buchstaben. Auf Schönschrift kam's ja nicht an.

Überfall Opa Karanke! Die Täter verstecken sich in der Hüttenstraße 17 (Stall)

Es sah wirklich so aus, als hätte jemand seinen Finger in Blut getaucht und damit die Buchstaben gemalt. Man konnte es für echt halten. Babette schrie etwas herüber, das wie Brisalsky klang. Sie deutete aufgeregt nach unten. Tatsächlich, da hastete jemand lila und kugelförmig den Gehweg entlang, überquerte eilig die Straße. Ob die ihn hier oben gesehen hatte?

Nichts wie weg! Für Neugier blieb jetzt keine Zeit mehr. Am

rostigen Balkongitter hoch und eng an die Wand gepreßt, den schmalen Sims entlang zum Fenster zurück, wo sechs besorgte Gesichter schon unruhig warteten. Das war noch einmal gutgegangen, ganz knapp, wie alle zugeben mußten.

Ob er es geschafft hatte? Dumme Frage! Sonst wäre er doch bestimmt noch nicht wieder da. Glaubten die etwa, er hätte vorzeitig aufgegeben?

Allmählich legte sich die Anspannung und wich allgemeiner Neugier. Wie sah es überhaupt in der Wohnung der alten Brisalsky aus? Und war die blutige Schrift gut zu lesen?

Nein, Haberer hatte nichts Besonderes beobachtet. Das Zimmer hinter dem schmalen Türspalt war zu dämmerig gewesen. Außerdem hatte er anderes zu denken gehabt. Aber von seinen Gewissensskrupeln sagte er nichts. Die waren seine eigene Angelegenheit und gingen niemanden etwas an.

Besorgt betrachtete die klebrige Elsa den arg abgenutzten Lippenstift. Daran würde ihre Mutter kaum noch Freude haben.

Nur Babette nahm nicht teil an der allgemeinen Begeisterung. Hatte sie sich über irgend etwas geärgert?

»Du hättest ausrutschen und hinunterfallen können!« schimpfte sie plötzlich los.

»Klettern hab ich schließlich gelernt«, antwortete Toni. Nein, dieser Weg durchs Fenster war schon der bessere gewesen. Er fühlte sich geradezu erleichtert. Beim Bergsteigen war nämlich noch Verlaß auf die Physik und ihre Gesetze.

»Und was kommt jetzt?« fragte Bomber, der immer noch wie benommen wirkte. Er hatte ungeheure Angst ausgestanden, als der Präsident da furchtlos in der regennassen Wand hing. Bei jedem Schritt über den rutschigen Sims hatten sich seine Finger und Zehen verkrampft. Kletterpartien waren wirklich nicht jedermanns Sache.

»Jetzt müssen wir nur abwarten, bis die alte Brisalsky die Schrift gelesen hat«, erklärte die Schleiereule.

Ein Horchposten wurde hinter die Etagentür gestellt, der alle verdächtigen Geräusche sofort zu melden hatte. Mehrmals störte die Großmutter, indem sie verwundert die Augenbrauen hob und überflüssige Fragen stellte. Ob sie nichts Vernünftigeres zu spielen wüßten? Kein Kind hat Lust, ständig etwas Vernünftiges zu tun. Besonders dann nicht, wenn es von Erwachsenen dazu angehalten wird.

Kurz bevor ihre Ungeduld in streitsüchtige Wortwechsel ausartete, waren auf der Treppe Schritte zu hören. Babette konnte nur bestätigend mit dem Kopf nicken; die schweren Tapser kannte sie genau. Dann drang auch die heisere Stimme der alten Brisalsky zu ihnen, die zärtlich mit jemandem sprach, der Amadeus zu heißen schien.

»Der Kater«, flüsterte Babette.

Ein Schlüsselbund klingelte, die Tür quietschte in den Angeln und fiel mit dumpfem Schlag ins Schloß. Aus dem Flur war kein Geräusch mehr zu hören. Wie ein aufgescheuchter Spatzenschwarm sausten die Kinder in die Küche zurück. Wo konnte man am besten lauschen? Am Fenster? An der Wand? Aus der Nebenwohnung drang kein Ton herüber, sosehr sie die Ohren auch spitzten. Eine beunruhigende Stille. Angstvoll blickte Babette dem Toni in die starrenden Augen. Was würde die alte Brisalsky jetzt tun? Hoffentlich das Richtige.

Da war ein Husten im Treppenhaus, fast lautlose Schritte. Es klopfte gegen die Tür, zuerst zaghaft, dann drängend.

»Also hat die alte Hexe dich doch gesehen«, flüsterte Babette.

»Was sagen wir ihr?«

»Wieso sagen?« Beate konnte manchmal dümmlich dreinschauen wie eine beim Wiederkäuen gestörte Kuh.

»Wir müssen doch eine glaubhafte Ausrede finden, weshalb einer von uns ausgerechnet auf ihrem Balkon herumturnt.«

»Behaupte einfach, dir wäre ein Papagei entflogen.«

»Sie weiß, daß ich keinen Papagei habe.«

Es klopfte heftiger. Gleich würde die Großmutter auftauchen und unbequeme Fragen stellen.

»Öffnen wir doch erst einmal die Tür«, schlug Toni vor, »ehe sie uns die Scheiben einschlägt.« Aber er mußte selbst gehen. Keiner der anderen war bereit, sich der wütenden Brisalsky in den Weg zu stellen.

94

Zu seiner Überraschung wartete aber im Treppenhaus eine ganz andere Frau. Ein hellblaues Kopftuch, ein grüner Mantel, unter dessen Saum rosa Pumphosen hervorsahen. Kadis Mutter! Sie griff sofort nach seinem Ärmel und redete in einem Schwall hellklingender Worte auf ihn ein. Was wollte sie? War Kadi krank? War irgend etwas passiert? Hinter dem grünen Mantel tauchte ein braunäugiges Mädchengesicht auf. Nasra? Oder war es die zweite Schwester? Das Mädchen wurde nach vorn gezerrt und mußte übersetzen.

»Kadi ist nicht nach Hause gekommen!«

Das war unmöglich! Jeden Mittag nach Schulschluß begleiteten zwei White Angels den kleinen Türken fürsorglich in die Hüttenstraße. Nach dem in der Küche aushängenden Plan war heute die Schleiereule an der Reihe gewesen.

»Und Elsa«, behauptete die Schleiereule.

Richtig! Toni erinnerte sich ganz genau, daß er die drei zusammen gesehen hatte.

»Aber wir sind nicht bis zum Haus mitgegangen«, schränkte Elsa ein.

»Warum nicht?«

An der Ecke zur düsteren Hüttenstraße war ihnen Dada begegnet, heulend, beide Knie aufgeschürft, eine verkrustete Beule an der Stirn.

»Da mußten wir uns doch um ihn kümmern«, erklärte die Schleiereule.

»Und Kadi?«

»Der ist dann allein nach Hause gegangen. Waren ja auch nur noch ein paar Schritte. Und passiert ist bisher nie was. Wer konnte wissen . . .«

»Aber er ist nicht gekommen«, wiederholte das braunäugige Mädchen mit leiser Stimme.

Was konnte da geschehen sein? War Kadi der schwarzen Lederjacke in die Finger gelaufen? Hatte er vielleicht auf eigene Faust etwas unternommen? Während die Mutter ununterbrochen sprach und den grünen Mantel mit den Händen eng vor die Brust zog, wußte Toni, daß jetzt schnell eine Entscheidung ge-

95

troffen werden mußte. Die White Angels hatten Kadi im Stich gelassen, die White Angels würden ihn aus dem Schlamassel holen, wo immer er auch stecken mochte.

»Wir laufen zur Hüttenstraße!«

»Und wenn sie da auf uns lauern?«

»Wer Angst hat, kann hierbleiben.«

Niemand blieb zurück. Sie trabten den Bürgersteig entlang. Leo mit hechelnder Zunge voran. Wie oft waren sie diesen Weg in den letzten Wochen gelaufen! Und immer war Kadi dabeigewesen! Die Leute blickten sich erstaunt nach der Frau im grünen Mantel und rosa Pumphosen um, die von einem Rudel Kinder vorwärts getrieben wurde.

»Vielleicht findet Leo eine Spur«, rief atemlos Babette.

Aber wo sollten sie mit der Suche anfangen? Im Haus, im Hof, im Keller? Mußten sie zusammenbleiben, falls einer von den drei Verdächtigen plötzlich auftauchte?

»Ich gehe keinen Schritt allein«, erklärte die klebrige Elsa sofort.

Da gähnte die düstere Toreinfahrt. Leer und schlammig lag der Hof. Spuren hatte der schrägfallende Regen längst weggewaschen. Sie standen in den Pfützen und blickten ratlos umher.

»Wir haben hier auch schon gesucht und gerufen«, behauptete da Kadis Schwester.

Der Stall war sicher verschlossen. Kein Geräusch drang aus dem Innern. Selbst Leo lauschte und schnüffelte vergeblich. Kadis Mutter begann zu weinen. Sie schlug die Hände vors Gesicht. Ängstlich flehend blickten ihre braunen Augen über die Fingerspitzen hinweg.

»Geht doch nach oben«, sagte Toni zu dem Mädchen, »wir machen das schon.«

Aber was wollte er machen? Im Grunde gab es hier doch nur einen Ausweg.

»Wir müssen zur Polizei!«

»Zum Kakteenkommissar?«

»Wohin sonst?«

9

Wie sie es vorausgeahnt hatten! Er stand wieder am Fenster und lockerte mit einem Holzstäbchen die krümelige Erde in seinen Blumentöpfen. Nach fleißiger Polizeiarbeit sah das hier beileibe nicht aus.

»Na, seid ihr schon wieder einem Schokoladenhasen begegnet?«

Er unterbrach seine Stocherei nicht einmal, sondern beobachtete die Eindringlinge nur im spiegelnden Fenster.

»Nein. Aber unser Freund Kadi ist verschwunden.«

»Eins findet sich, etwas anderes geht verloren. So ist nun einmal der Lauf der Welt.« Er schien die Antwort der Kinder überhaupt nicht ernst zu nehmen, sondern hantierte weiter mit seinem Holzstäbchen herum.

»Wir vermuten, daß er irgendwo gefangengehalten wird«, fügte Babette erläuternd hinzu. Man mußte dem Mann doch den Ernst der Lage klarmachen können.

»Wer wird von wem gefangengehalten? Spielt ihr schon wieder Detektive?«

Jetzt erst drehte sich der Kommissar um. An ihren bekümmerten Gesichtern mußte er ablesen, daß die Sache kein Spaß war.

»Nun mal langsam, ausführlich und der Reihe nach. Was ist euch wieder passiert?«

Toni berichtete kurz die wichtigsten Einzelheiten: daß Elsa und die Schleiereule ihre Pflichten nicht ernst genug genommen hatten, daß Kadi seit Schulschluß verschwunden war, daß sie den schlammigen Hof und das Haus Hüttenstraße 17 erfolglos abgesucht hatten. Babette fiel ihm nur ab und zu ins Wort, wenn bestimmte Dinge besonders betont werden mußten. Von der Kletterpartie zum Balkon der alten Brisalsky erzählten sie natürlich nichts. Man brauchte einem neugierigen Beamten nicht alles auf die Nase zu binden.

Der Kommissar zupfte sich inzwischen geduldig die Kakteenstacheln aus den Fingern. Manchmal verzog er dabei merkwürdig sein Gesicht, aber niemand konnte mit Sicherheit sagen, ob das vom Schmerz kam oder von den überraschenden Dingen, die er sich anhören mußte.

»Na, da habt ihr ja was Feines angerichtet!«

Sie hatten überhaupt nichts angerichtet! Und was Kadi getan hatte, stand zur Stunde noch gar nicht fest. Bestimmt hatte auch er das Beste gewollt. Wenn dann alles ganz anders gekommen war, so doch nur, weil dieser träge Polizist sich nach ihrem ersten Besuch einfach nicht aus seinem bequemen Sessel gerührt hatte. Jetzt endlich mußte er etwas tun. Er griff auch schon bereitwillig nach dem Telefon.

Babette nickte Toni befriedigt zu, als sie eine Folge von knappen Befehlen hörte, in denen Worte wie Streifenwagen, Hüttenstraße, Beobachtung und Verdacht vorkamen. Endlich geriet die Sache ins Rollen.

»Dürfen wir auch mit?« Wenn der große Schlag erfolgte, wollte sie unbedingt dabeisein. Wer hatte denn hier die entscheidende Vorarbeit geleistet?

»Ihr müßt sogar mit!« Der Kommissar legte den Hörer zurück und blickte sie streng an. »Vorläufig laß ich euch nicht mehr aus den Augen. Und falls an der Geschichte nichts dran ist, macht euch auf eine saftige Strafe gefaßt. Irreführung der Behörde, Verleumdung, da wird so einiges zusammenkommen.«

Das war die Sprache der Polizei! Alles hörte sich plötzlich bösartig und verbrecherisch an. Jetzt zahlte es sich aus, daß sie die Kletterpartie zur Wohnung der alten Brisalsky verschwiegen hatten. Das hätte die Liste ihrer Untaten nur gefährlich verlängert.

Es gibt Augenblicke, da ist es nicht ratsam, sich mit Erwachsenen in eine Diskussion einzulassen. Außerdem drängte die Zeit. Der Kommissar, der sein schmutziges Holzstäbchen schon längst beiseite gelegt hatte, zog hastig seine Jacke vom Kleiderhaken und schob die beiden Detektive vor sich her zur Tür.

Diesmal ging es zum Hintereingang hinaus, wo im Hof schon ein unauffällig grauer Wagen bereitstand. Natürlich wäre Babette lieber mit kreisendem Blaulicht und gellendem Martinshorn zur Hüttenstraße gerast. Aber man kann nicht alles auf einmal haben. Die Hauptsache blieb doch, sie waren dabei und konnten mit eigenen Augen überwachen, daß tatsächlich Gerechtigkeit geübt wurde.

Eine rot warnende Fußgängerampel hielt sie noch mindestens eine Minute auf. Merkten die Leute denn nicht, wie eilig sie es hatten? Dann war es soweit. Mit quietschenden Bremsen stoppten sie hinter einem grün-weißen Streifenwagen.

»Jetzt wollen wir doch mal sehen, was an euren Greuelgeschichten dran ist«, brummte der Kommissar beim Aussteigen. Er schien also ihre Behauptungen immer noch nicht zu glauben.

Na, dem würden bald die Augen aufgehen, dessen waren sich die beiden Detektive ziemlich sicher. Sie drängten ihn zum Tatort.

In Begleitung eines Polizisten wirkte der düstere Torweg nicht halb so gefährlich. Aber der aufdringliche Gestank nach Abfällen und Moder reizte auch jetzt ihre Nasen und folgte ihnen bis in den schlammigen Hof.

Vor der Stalltür standen zwei Beamte aus dem Streifenwagen. Die sahen ein wenig ratlos aus und zuckten mit den Schultern. Nein, sie hatten nichts Verdächtiges gefunden. Die verdächtigen jungen Burschen und der ältere Mann waren seit Tagen nicht mehr in der Nähe des Hauses gesehen worden.

»Aber wir haben sie doch gestern noch beobachtet!« unterbrach die klebrige Elsa diese dienstliche Meldung. In dichtem Pulk schoben sich die White Angels heran. Bisher hatten sie die Ereignisse nur aus vorsichtiger Entfernung hinter der Hausecke verfolgen können. Jetzt wollten sie genau wie der Präsident und sein erster Detektiv hautnah dabeisein.

»Und wo?« Der Kommissar ließ seine Hände in den Jackentaschen, trat keinen Schritt vorwärts, um sie aufzuhalten.

»Hier! Gerade hier vor der Stalltür! Sie wollten Kadi und den Haberer doch schon gestern einsperren!«

99

Die beiden Beamten aus dem Streifenwagen zuckten noch einmal mit den Schultern. Sie hatten nichts gehört und nichts gesehen. Es war ganz offensichtlich, daß sie den Aussagen der Hausbewohner mehr Glauben schenkten als den Behauptungen der Kinder. Der Kommissar rüttelte selbst noch einmal prüfend an der Stalltür. Die war fest verschlossen und gab auch vor der Behörde um keine Handbreite nach.

Wenn Kadi wirklich da drin wäre, dachte Toni, hätte Leo ihn bestimmt schon aufgestöbert. Aber was hatte der Hund? Weshalb spielten seine Ohren so unruhig? War da nicht doch ein verdächtiges Geräusch? Er preßte sein Ohr dicht gegen das splitterige Holz. Ja! Ein kaum hörbares Schnaufen und Keuchen. Mit dem Knöchel klopfte er eine Antwort. Das würgende Stöhnen wurde jetzt lauter.

»Da ist doch jemand drin!«

Der Kommissar handelte zuerst. Auch er preßte sein fleischiges Ohr gegen die rauhen Bretter und hob dann Stille fordernd die Hand. »Tatsächlich, der Junge hat recht.«

»Wir haben meistens recht«, behauptete Babette schnell, aber niemand schenkte ihr jetzt noch Aufmerksamkeit. Ohne eine Sekunde zu verlieren, hatte die Polizei die Arbeit aufgenommen. Der Kommissar postierte seine beiden Beamten dicht neben die Tür. Die Kinder wurden beiseite geschoben. Dann schlug er selbst mit der Faust mehrmals krachend gegen die Bretter.

»Hier spricht die Polizei! Tür weit öffnen und sofort einzeln herauskommen!«

Es geschah nichts. Nur in der rußstreifigen Backsteinwand über den Köpfen der Kinder knarrte ein Fensterflügel. Neugierig beugte sich eine dicke Frau heraus. Und Kadis Mutter, die bis zu diesem Augenblick ängstlich hinter der Hecke im Nachbarhof gestanden hatte, kam Schritt für Schritt näher heran.

Mit erhobener Stimme wiederholte der Kommissar seine Aufforderung. Endlich antwortete ein dumpfes Poltern. Dann wieder Stille. Deutlich war das Gurren der Tauben vom Dach des Hauses zu hören. Wasser tropfte aus einem Riß in der Regenrinne. Auf ein Zeichen des Chefs warf sich plötzlich einer der grün Unifomierten mit der Schulter gegen die Tür. Aber der machte das überhaupt nichts aus. Sie war aus starken Bohlen geschreinert und durch eiserne Beschläge verstärkt.

»Wir haben ein Stemmeisen im Wagen«, erklärte hilfreich der zweite Beamte.

»Dann holen Sie's doch endlich, verdammt noch eins!«

Fragend schielte Babette den Haberer an. Der zuckte auch nur mit den Schultern. Wie konnte er wissen, was sich da im dunklen Stall verbarg? Waren es die drei Gangster, fest entschlossen, sich bis zum letzten Atemzug gegen jeden Eindringling zu verteidigen? Oder doch vielleicht ihr türkischer Freund, der kleine Kadi?

»Wahrscheinlich ist es nur eine Ratte«, vermutete Babette. Das war natürlich möglich, aber Haberer bezweifelte es stark. Dafür hatte sich das Röcheln und Keuchen doch zu menschlich angehört. Bald würde man ja Bescheid wissen. Das Stemmeisen war schon zur Stelle und suchte nach einem geeigneten Spalt zwischen Wand und Tür. Holz splitterte und brach in weißen Fasern heraus. Die Eisenbeschläge knirschten. Mit einem berstenden Krach sprang die Brettertür auf. Weiter geschah nichts.

Ein Dutzend Augenpaare strengte sich an, das staubige Dämmerlicht zu durchdringen. Obwohl alle anderen näher und günstiger standen, entdeckte das kleine Mädchen mit den schwarzen Haarfransen den grauwollenen Pullover zuerst.

»Da ist Kadi!«

Während die beiden Beamten noch vorsichtig ihre Pistolen wegsteckten, stürmte die Mutter schon an ihnen vorbei und warf sich über den am Boden liegenden Gegenstand. Der Kommissar mußte sie heftig an der Schulter rütteln und beiseite drängen, um selbst etwas sehen zu können. Der Eingesperrte war an Händen und Füßen gefesselt und . . . ohne Kopf. Erschrocken starrte Babette auf das grauwollene Bündel. An der Halsöffnung schnürte ein derber Strick den Pullover eng zusammen.

»Hat jemand ein Messer?«

Natürlich trug Toni ein Messer in der ausgebeulten Tasche seiner Hose. Das gehörte zur Grundausstattung eines Jungen.

Die Stricke wurden durchschnitten. Die graue Wolle dehnte sich. Schwarze Haare kamen zum Vorschein, kaffeebraune Augen, ein gurgelnder Mund, den zwei sich kreuzende Pflasterstreifen verschlossen hielten. Behutsam löste die Mutter sie von den schrundigen Lippen. Und das erste, was der kleine Kadi, noch nach Atem ringend, von sich gab, war:

»Wir haben also recht gehabt!«

Die White Angels wurden ziemlich verlegen. Erleichterung und Schamröte stieg ihnen heiß die Nackenwirbel hinauf. Der alberne Kommissar zwinkerte ihnen auch noch bedeutungsvoll zu.

»Das alles klären wir später. Zuerst bringe ich dich in das nächste Krankenhaus.«

Aber davon wollte Kadi überhaupt nichts hören. Er sei kerngesund, behauptete er und rieb sich mit steifen Fingern die Handgelenke, an denen noch die Striemen der Fesseln zu sehen waren. Auf der Stelle wollte er die Jagd nach den Verbrechern fortsetzen, die ihn so heimtückisch im Hof überfallen und dann zu einem hilflosen Paket verschnürt hatten.

Mit Erleichterung konnten die Kinder feststellen: geschadet hatte ihrem Freund das Abenteuer nicht. Seine Augen funkelten unternehmungslustig wie eh und je.

An anstrengende Verfolgungsjagden war natürlich im Augenblick nicht zu denken. Von der Mutter und Toni mit sanftem Zwang am Arm geführt, hinkte Kadi zur Toreinfahrt von Nummer 19 hinüber, um sich erst einmal bei einer verspäteten Mahlzeit von den Strapazen der Gefangenschaft zu erholen.

Inzwischen hatte sich der Kommissar im Stall umgesehen. In einem Regal lagerten ordentlich verstaut die verschiedenartigsten Waren dicht beieinander. Da stapelten sich Kofferradios neben Schnapsflaschen, Schallplatten auf Zigarrenkisten, Parfüm, Schuhkartons. Neben dem Fenster stand sogar eine Schaufensterpuppe, die als einziges Kleidungsstück lange schwarze Handschuhe trug. Das Ganze sah schon wie ein gut gefülltes Diebeslager aus. Rasch gab er seinen beiden Beamten genaue Anweisungen, versprach, Verstärkung zu schicken, und schob dann die neugierigen White Angels zur Tür hinaus. Da war leider nichts zu machen. Gern hätte Toni zugesehen, wenn sich die Spezialisten für Spurensicherung und Fingerabdrücke an ihre Arbeit machten. Dabei hätte man bestimmt etwas lernen können.

»So. Und wohin darf ich euch jetzt fahren?«

Ja, wohin? Am besten besprach man die Ereignisse erst einmal ausführlich in Großmutters Küche.

»Grimbergstraße 5«, sagte deshalb Babette.

»Das trifft sich gut, in dem Haus hab ich auch noch einen kurzen Besuch zu machen.«

Die White Angels zuckten zusammen. Hatte etwa die alte Brisalsky bei der Polizei angerufen und einen Einbruch gemeldet? Dann saßen sie so gut wie in der Falle. Vielleicht würde der graue Wagen sie gar nicht nach Hause, sondern geradewegs ins Gefängnis fahren.

»Es i... ist schon halb sechs«, stotterte Bomber.

»Und?«

»Um fünf sollte ich zu Hause sein.«

»Ich hatte um fünf Klavierstunde«, behauptete Andrea.

»Dann lauft doch!« zischte Babette böse.

Sie hätten ohnehin nicht alle im Wagen Platz gefunden. Auch ohne Bomber und Andrea wurde es auf den Sitzen ziemlich eng.

Die Rückfahrt verlief einsilbig. Nur der Kommissar sprach einmal kurz über das Telefon mit seiner Dienststelle. Die Kinder starrten sorgenvoll auf ihre Knie. Noch eine Straßenecke, und der Wagen hielt am Bordstein.

»Nein, bleibt erst mal draußen«, erklärte der Kommissar, als Babette sich hinter ihm durch die Haustür quetschen wollte. »Ihr habt für heute genug angerichtet.«

Angerichtet! Das hörte sich ja fast an, als wären *sie* die Verbrecher. Dabei hatten sie doch, wenn man es recht besah, gerade ein Verbrechen verhindert.

»Es gibt eben keine Gerechtigkeit auf der Welt«, murrte die Schleiereule düster vor sich hin.

Die klebrige Elsa nickte zustimmend. Für Kinder war diese Welt sowieso nicht die allerbeste. Jeden Morgen mußte man zur

Schule, und auch am Nachmittag war man allen nur denkbaren Drangsalen ausgesetzt.

»Können sie uns dafür einsperren?« fragte Beate leise.

»Auf gar keinen Fall!« widersprach Toni. »Und wenn überhaupt, dann auch nur mich. Ich bin ja ganz allein auf den fremden Balkon hinübergeklettert.«

Aber davon wollten nun die anderen nichts wissen. Mitgegangen, mitgehangen lautete ihr Wahlspruch. Verantwortlich waren sie alle. Da sollte ihnen ein Polizist erst einmal das Gegenteil beweisen.

»Außerdem ist es in den Gefängnissen heute längst nicht mehr so schlimm«, behauptete die Schleiereule und berief sich auf einen Onkel, der in irgendeiner Weise mit dem Amtsgericht zu tun hatte und es also wissen mußte. »Da gibt es sogar Fernsehen in den Zellen. Und keine Schule!«

Trotz dieser verlockenden Aussichten horchten sie mit bangen Ohren in den Hausflur hinein. Auch als der Kommissar nach einer Viertelstunde endlich die Treppe herunterstolperte und ihnen freundlich zunickte, trauten sie dem Braten noch nicht so recht. Konnte es so glimpflich abgehen? Nein, er zog wirklich keine Handschellen aus der Tasche, um sie dem Haberer anzulegen. Das Lächeln schien echt zu sein.

»Na, ihr Racker! Da hat aber einer von euch verdammt viel Glück gehabt.« Mit schrägem Kopf maß er die Höhe vom Bürgersteig bis zum Balkon der alten Brisalsky. »Ich würde mich da nicht hinübertrauen.«

»Hat sie Ihnen denn nicht . . .?« Vor Überraschung blieb Babette der Mund offen.

»Was soll sie haben?«

»Der Einbruch?«

»Welcher Einbruch?«

War der Mann so begriffsstutzig oder verstellte er sich nur, um die White Angels in Sicherheit zu wiegen?

»Uns ist kein Einbruch gemeldet worden«, behauptete er jetzt auch noch. »Ich habe nur gehört, daß ein Schmierfink einer alten Frau die Fensterscheiben rot angemalt hat.« Damit zwängte er sich in sein unauffälliges graues Auto, schlug die Tür zu und ließ den Motor anspringen.

»Ja, da soll mich doch dieser und jener!« Verdutzt starrte Toni dem Wagen des Kommissars nach. Das war schon ein Elend! Jetzt kam natürlich ans Tageslicht, daß er gar nicht so waghalsig und skrupellos in eine fremde Wohnung eingedrungen war, sondern bloß wie ein Depp vor der offenen Tür gestanden hatte. Grinsten sie vielleicht schon hinter seinem Rücken? Nein, sie wirkten alle ein wenig blaß um die Nasenspitze und schienen starr vor Staunen, daß sie noch einmal so gut davongekommen waren.

10

Der folgende Morgen brachte den ersten funkelnden Sonnentag dieses Frühsommers. Schon beim Erwachen spannte sich ein seidig blauer Himmel über der grauen Stadt. Nur im Osten, vom Stahlwerk her, zogen noch einige häßliche schwefelgelbe Rauchschwaden. Toni, der mit Leo einen halbstündigen Morgenspaziergang gemacht hatte, atmete mit Freude die saubere kühle Luft und wäre lieber in Wiesen und Felder hinausgerannt, als qualvolle Zeit in einem dumpfen Schulzimmer absitzen zu müssen. Aber in der Stadt gab es ja keine Wiesen, keine Äcker und Waldwege. Und Berge erst recht nicht.

Vor der Haustür zerrte der Hund widerborstig an seiner Leine und blickte sich herausfordernd um. Er schien immer noch nicht begreifen zu wollen, daß man hier nicht umherstromern konnte, wie es einem Spaß machte.

»Nein, Leo«, sagte Toni mit fester Stimme, »es ist schon halb acht.«

Natürlich wußte Leo Bescheid. Er war fast so klug wie ein Mensch, wenn er auch nichts von Physik verstand oder von darstellender Geometrie. Dafür konnte er andere Dinge, die vielleicht ebenso wichtig waren, zum Beispiel die drei Tage alte Spur eines Hasen verfolgen. Aber wo gab es in dieser grauen Stadt schon Hasen? Toni seufzte tief. Die funkelnde Sonne machte ja alles noch viel schlimmer. Ihr blendendes Licht zeigte die schäbige Unzulänglichkeit der Stadt erst richtig, den bröckelnden Putz, die Abfälle und Zigarettenkippen, und ab und zu am Straßenrand einen kranken, verkrüppelten Baum.

»Vielleicht geht's am Wochenende, Leo.« Er gab zwar dem Hund ein vages Versprechen, wußte aber schon, daß daraus wohl nichts werden würde. Die Mutter war immer so müde nach fünf harten Arbeitstagen. Sie wollte ihre Ruhe.

Kurz vor der Schule, der brausende Lärm des Pausenhofs war schon deutlich zu hören, schloß sich Toni aus einer Seitenstraße der Schleiereule an. Auch sie war trotz strahlenden Sonnenscheins nicht in bester Laune. »Weißt du etwas Neues?«

Woher sollte Haberer etwas wissen? Außer Leo hatte er noch niemanden gesprochen und erst recht nichts gehört.

»Ich dachte ja nur.« Die Schleiereule war ernstlich beunruhigt. Sie hatte in der Nacht Fürchterliches geträumt, von einer düsteren Gefängniszelle, an deren schmutzigen Wänden Eiswasser niederrieselte. Grünschimmeliges Brot gab es zu essen, und das nicht einmal in ausreichenden Mengen. Ein grauslicher Wärter mit blutunterlaufenen Augen hatte dauernd durch ein Guckloch geschielt. Noch jetzt, in der hellen Sonne, schauderte sie zusammen, wenn sie an die Grabeskälte und an das eintönig tropfende Wasser dachte.

Ja, die Schleiereule hatte wirklich eine entsetzliche Nacht hinter sich. Und ihre Stimmung wurde weiß Gott nicht besser, als sie kurz vor dem Schultor das vergnügte Gesicht von Babette erblickte. Die galoppierte wie üblich mit wehendem Pferdeschwanz daher und kündigte schon von weitem mit gewaltigen Armbewegungen große Neuigkeiten an. »Ihr werdet's nicht glauben!« Ihren leuchtenden Augen nach konnte es eigentlich nur etwas Erfreuliches sein, was da geglaubt werden sollte.

Toni überlegte kurz. An solch einem strahlenden Sonnentag war ja wohl alles möglich. »Der Unterricht fällt aus.«

»Blödmann!«

»Wir bekommen eine Belohnung«, mutmaßte die Schleiereule.

»Davon hab ich noch nichts gehört.« Babette schien überrascht zu sein. »Aber verdient hätten wir schon eine. Und je länger ich darüber nachdenke . . .«

»Denk lieber nicht darüber nach«, dämpfte Toni ihre aufkeimenden Erwartungen. »Wer sollte uns schon eine Belohnung zahlen?«

»Na, die Polizei. Ohne unsere Hilfe hätten die ganz schön dumm dagestanden.«

»Wir ohne den Kommissar auch«, erinnerte Toni. Das ließ sich nicht leugnen. Nein, von dieser Seite war nichts zu erwarten. Und von anderer Seite schon gar nicht. Von wem auch?

»Doch!« behauptete Babette. »Von Kadis Eltern nämlich. Sie laden uns alle für heute nachmittag zu einem türkischen Festessen ein. Das ist doch eine Art Belohnung, oder?«

»Ja, schon.« Die Schleiereule mußte es zugeben. Aber sie hatte auch Bedenken. Und woher wußte Babette überhaupt von dieser Einladung?

»Weil ich heute an der Reihe war, Kadi abzuholen. Die drei Gangster laufen doch immer noch frei herum.«

»Und wo ist Kadi?«

»Er schwänzt die Schule. Er muß das Fest vorbereiten.«

»Na ja.« Auch Toni wirkte nicht eben begeistert. Einmal ärgerte er sich darüber, daß nur Babette daran gedacht hatte, sich um Kadi zu kümmern, und dann erfüllte ihn auch die Erinnerung an das baufällige Haus mit deutlichem Unbehagen. Schon im Flur hatte es so dumpf und fremdartig gerochen.

»Ihr seid ja dämlich!« schimpfte Babette, die über die merkwürdige Wirkung ihrer Einladung sehr verblüfft war. »Das wird doch ein großer Jux! Endlich können wir herausfinden, wie es bei den Türken zugeht.«

Aber auch Bomber, Beate und die klebrige Elsa zeigten keine echte Begeisterung. Gewiß, sie würden alle pünktlich und sauber gewaschen zur Stelle sein, nur richtig freuen konnten sie sich im Augenblick noch nicht. Bomber sprach die Befürchtungen aller unumwunden aus. Was war, wenn einem bei dem Festessen Hammelaugen in Reis oder ähnliche fremdländische Leckereien vorgesetzt wurden?

Noch während der Deutsch- und der Erdkundestunde beschäftigten sie sich alle mit diesen unangenehmen Gedanken. Erst in der großen Pause fielen ihnen wieder die Blue Tigers ein, die mit hängenden Schultern und mürrischen Gesichtern in ihrem Kreidestrichcamp herumlungerten.

»Hat denen schon einer Bescheid gesagt?« fragte Babette. »Daß ihre Unschuld bewiesen ist?«

»Unschuld ist gut!« höhnte die Schleiereule.

»Na, es stimmt doch. Wenigstens in diesem Fall.«

Toni gab ihr sofort recht. Weshalb hatten sie denn sonst auch diese harte Detektivarbeit geleistet, wenn sie nicht wenigstens vor den Blue Tigers damit protzen konnten. Und das mußte jetzt geschehen, bevor die von anderer Seite informiert wurden. Auffordernd nickte er Babette zu.

Boss Czupka blickte erst hoch, als die White Angels den früher ängstlich gemiedenen Kreidestrich schon überquert hatten. Wer ständig mit Kriminalkommissaren und Gangstern zu tun hat, fürchtet sich nicht vor den Kreidemalereien einer lausigen Vorstadtbande.

»He, was ist los?«

»Selber he!« behauptete mutig die Schleiereule.

»Die sind ohne Erlaubnis in unser Camp eingedrungen«, wies die Zicke auf einen unübersehbaren Tatbestand hin.

»Schnauze!« bellte Czupka. »Ich hab selbst Augen im Kopf.« Er runzelte die Stirn und verzog dann seine Lippen zu einem lässigen Begrüßungsgrinsen. Ahnte er vielleicht, daß diese Besucher eine wichtige Nachricht für ihn hatten?

»Also«, bagann Haberer seine Rede, »wir sollen euch schön vom Kommissar grüßen. Die Sache hat sich diesmal zu euren Gunsten erledigt.«

»Was für eine Sache, verdammt?« Quast war nicht nur im Unterricht schwer von Begriff.

»Wir haben nachgewiesen, daß ihr an dem Überfall auf Opa Karanke nicht beteiligt wart.«

»Aber das wissen wir doch selbst!«

»Mann, bist du blöd!« Schraube klatschte sich mit der flachen Hand gegen die Stirn. »Denk doch nach, bevor du quasselst! Die Bullen haben das jetzt auch kapiert. Endlich! Die sind wahrscheinlich genauso blöd wie du.«

Allmählich schien Quast zu begreifen. Ihm mußte man wirklich alles zweimal sagen. Seine Arme fuhren in die Höhe. Auf einem Bein drehte er sich einmal blitzschnell um sich selbst, daß der Absatz seines Cowboystiefels quietschte. Dann piekte er mit

ausgestrecktem Zeigefinger Quabbel unverhofft in den quergestreiften Bauch.

»Mann, flippst du aus?«

»Was dagegen?«

»Schnauze!« Der Boss übernahm wieder das Kommando.
»Laßt mich das mal managen!« Czupkas Rücken straffte sich.
Seine Augen, die in den letzten Tagen ziemlich freudlos und miß-
mutig in die Welt geblickt hatten, zeigten plötzlich die unnach-
giebige Härte und eiserne Entschlußfreudigkeit des geborenen
Bandenführers. Nur in seiner Stimme klang noch ein Rest von
Mißtrauen nach. Woher konnten diese halbgaren Typen Infor-
mationen haben, die so ausgekochte Leute wie Quabbel,
Schraube und erst recht er selbst, Bodo Czupka, nicht besaßen?
War das eine bösartige Falle? Wollte man ihn vielleicht in Sicherheit wiegen, um dann unversehens zuzuschlagen? Irgend etwas stank hier.

»Und wozu sollte ein Bulle das ausgerechnet euch gesteckt haben?«

»Weil wir die echten Täter überführt haben.«

»Ihr?« Dieses ›ihr‹, langgezogen und verächtlich aus Zickes
Mundwinkel, wirkte nicht wie eine Frage, sondern wie blanker
Hohn.

»Natürlich wir! Wer sonst?« schimpfte Babette. »Ihr habt
euch doch vor lauter Schiß in eurem Kreidestrichcamp verkro-
chen. Wir haben der Polizei geholfen.«

»He, Boss!« Honky zerrte am Ärmel seines Chefs. »Das sind
Spitzel! Die arbeiten mit den Bullen zusammen!«

Czupka überdachte diese Warnung. Man sah, wie es hinter seiner Stirn heftig arbeitete. Mißtrauen wechselte ab mit der Furcht,
sich lächerlich zu machen. Natürlich, in den meisten Gangsterfil-
men, die er gesehen hatte, und er kannte fast alle, waren die Spitzel auch so schwächliche Typen wie diese Schleiereule und der
fette Bomber. Andererseits, was hätten die denn davon, wenn sie
gegen die Blue Tigers arbeiten? Doch nur Unannehmlichkeiten
und sonst nichts. Und dafür würde doch wohl niemand den
kleinsten Finger rühren. Boss Czupka kannte sich im Leben aus.

110

Außerdem konnte man die sechs ja mal kurz auf die Probe stellen.

Er packte Quast an der rechten Schulter und stieß ihn zur Seite. Das hieß, keine Aufregung, ich, der große Boss Czupka, schmeiße den Laden schon. Danach baute er sich breitbeinig vor den White Angels auf.

»Was kostet eure Hilfe?«

Elsa blickte die Schleiereule an, die Schleiereule blickte Babette an, die gab die stumme Frage sogleich an Toni weiter. Toni zuckte ratlos mit den Schultern. Von Belohnungen war zwar gesprochen worden. Aber daß ausgerechnet von den Blue Tigers eine kommen könnte, daran hatten sie in ihren kühnsten Träumen nicht gedacht.

»Was heißt kostet?« fragte denn auch verdutzt Babette.

»Na, ihr wollt doch bestimmt etwas für eure Hilfe haben. Keiner tut was umsonst.«

Doch, sie hatten es umsonst getan. Sie hatten überhaupt nicht daran gedacht, daß man für eine Hilfeleistung, die ja nur zufällig und vielleicht sogar gegen den Willen einiger White Angels zustande gekommen war, auch etwas verlangen könnte. Außerdem hatte es ungeheuren Spaß gemacht. Und endlich würde ihnen sicher nichts einfallen, was sie von Czupkas Bande fordern könnten. Auf gar keinen Fall eine von Quasts Zigarren oder von Quabbels Bierflaschen. Aber der Schleiereule kam plötzlich ein großartiger Einfall. Aufgeregt drängelte sie sich nach vorn.

»Ihr schuldet uns einen Schokoladenhasen. Und zwar genau so einen, wie er bei Opa Karanke im Schaufenster gestanden hat. Mit Kiepe und Tirolerhut.«

»Einen was?« Czupka verschlug's die Sprache. »Ihr seid ja verrückt! Hört mal ...!«

Aber der Boss brüllte vergeblich. Die White Angels eilten schon im Trab auf die dunkel gähnende Schultür zu. Soeben hatte es zur dritten Stunde geläutet.

»Wie bist du denn auf den dummen Einfall gekommen?« wunderte sich auch Babette.

»Weiß ich doch nicht.« Die Schleiereule war selbst überrascht.

111

»Jedenfalls ist es besser, *er* zerbricht sich den Kopf, wie man so viele Wochen nach Ostern noch an einen Schokoladenhasen kommt, als wenn du es tun müßtest. Und ihr habt es Dada nun einmal versprochen.«

»Die werden einfach einen klauen«, behauptete Bomber.

Der Rest des Schulmorgens verlief ereignislos, wenn man davon absah, daß die klebrige Elsa einmal an die Tafel mußte, um das schwierige Wort Rhabarber anzuschreiben. Sie schrieb es ohne h, aber trotzdem wußte jeder, was gemeint war. Kinder halten ohnehin manches h für überflüssig.

Schon um Viertel nach zwei stand Babette aufgeregt am Fenster, obwohl die Einladung ausdrücklich für drei Uhr ergangen war. Weshalb kamen die anderen nicht? Verabredungen hatte man gefälligst einzuhalten! Als erster erschien Bomber, der in seiner gutmütigen Art immer pünktlich war und niemanden warten lassen wollte. Seine Ohren leuchteten hochrot vor Sauberkeit und ängstlicher Erwartung. Eine Viertelstunde später bog die Schleiereule um die Ecke. Auch sie hastete in großer Eile daher, sah weder nach rechts noch nach links und wäre knapp vor der Haustür beinahe von einem feuerroten Tankwagen überfahren worden. Toni kam als letzter, fünf Minuten vor drei. Umständlich wischte er sich den Schweiß von der Stirn. Es war Schwerstarbeit gewesen, Leo aus dem funkelnden Sonnenlicht in den dumpfigen Hausflur und dann die Treppe hinauf in die dämmrige Wohnung zu zerren.

»Warum kommst du so spät?«

Toni blickte auf seine Uhr. Ging die nach? Weshalb tanzte Babette wohl so aufgeregt herum? Auch Andrea und die klebrige Elsa wußten nicht wohin mit den Händen. Hatten die etwa Angst vor einem türkischen Festessen?

»Leo darf bestimmt nicht mit!«

Was war nur mit Beate los? Als ob Leo Lust hätte, an einem Kaffeeklatsch teilzunehmen! Dem machte es sicherlich mehr Spaß, neben Großmutters Sessel in der Sonne zu liegen und sich den Pelz wärmen zu lassen. Andererseits würden es die Mädchen

112

vielleicht noch bedauern, daß sie den Hund nicht mitgenommen hatten. Aber da Toni klug war, schwieg er sich aus.

Pünktlich mit dem summenden Stundenschlag der alten Standuhr brachen sie auf, zottelten ohne allzu große Eile den sattsam bekannten Weg. Die Hüttenstraße wirkte grau und trostlos wie eh und je, wenn auch die Häuser auf der linken Seite in funkelndem Sonnenlicht badeten. Aber die Helligkeit ließ Verfall und Armut nur um so deutlicher zutage treten, in breiten Flächen abbröckelnder Putz, Haustüren, auf denen die häßliche braune Farbe Blasen warf. Unangenehme Erinnerungen stellten sich ein. Dort drüben hatte der bösartige Kläffer nach Elsas Waden geschnappt. Hier war bei Regen der Gehweg jedesmal durch schmutzige Pfützen versperrt gewesen. Die Sonne tat wirklich ihr Bestes, aber nicht einmal das reichte aus, um der düsteren Hüttenstraße ein wenig Glanz zu geben.

»Wie spät ist es?« fragte Babette.

»Wahrscheinlich schon halb vier.«

»Noch können wir umkehren.« Auch die Schleiereule spürte ein immer stärker werdendes ungutes Gefühl in der Magengegend, beileibe keine Angst, eher das aufgeregte Kribbeln, das einen befällt, wenn man unerwartet eine Klassenarbeit zurückbekommt. Wer war denn schon mal bei Türken zu Gast gewesen? Was wurde einem da vorgesetzt? Schafszungen in kleisterigem Reis? Hühnermägen mit Rosinen gefüllt und zugenäht?

»Ich hab Hunger«, widersprach die klebrige Elsa, »ich geh jetzt nicht mehr zurück.« Sie würde zur Not alles essen, selbst wabbelige Sülze aus Hammelschwanz.

Da war die Toreinfahrt. Die Sonne hatte den schlammigen Boden angetrocknet, aber die Abfälle in den überquellenden Mülltonnen stanken infolge der Wärme noch aufdringlicher als an den Regentagen. Fette Schmeißfliegen surrten bläulich durch die Luft.

Im Hof gab es viel Bewegung. Kinder rannten umher, schrien auf deutsch und türkisch. Vor der verschlossenen Stalltür saßen drei Männer auf Stühlen und rauchten. Rechts um die Ecke sah man den flatternden Zipfel eines Tischtuches.

113

Ein fürchterlicher Verdacht dämmerte hinter Babettes gekrauster Stirn auf. Bedeutete das vielleicht . . .? Nein, bisher hatten sie es immer für selbstverständlich gehalten, daß dieses Fest in der Wohnung von Kadis Eltern stattfinden mußte. Aber das verräterisch wehende Tischtuch verhieß etwas anderes. Sie blieb so plötzlich stehen, daß Andrea unsanft gegen sie prallte.

»Was ist?«

»Im Hof!«

Was war so Schreckliches im Hof zu sehen? Ein paar spielende Kinder, drei alte Männer, die friedlich in der Sonne rauchten, ein festlich gedeckter Tisch . . . Ein weiterer Schritt vorwärts überzeugte sie endgültig: die Feierlichkeiten waren im Hof geplant. Nicht einen Tisch, sechs oder sieben Tische hatte man hintereinandergestellt und mit rotweißen Papiergirlanden geschmückt. Mehrere Frauen in bonbonfarbigen Kleidern schienen gerade letzte Hand anzulegen. Gewaltige Schüsseln mit Kuchen und Gebäck wurden abgesetzt, dampfend heiße Kannen bereitgestellt.

»Ich gehe keinen Schritt weiter«, erklärte die Schleiereule.

»Wir sind aber eingeladen«, sagte Toni.

»Und es gibt allerhand zu essen«, zischte die klebrige Elsa, der beim Anblick der aufgehäuften Süßigkeiten das Wasser im Mund zusammenlief.

Die Entscheidung wurde ihnen schnell abgenommen. Plötzlich tauchte Kadi in ihrer Mitte auf und drängte sie entschlossen vorwärts. Es war ein völlig veränderter Kadi, der überhaupt keine Ähnlichkeit mit dem kleinen verschüchterten Türkenjungen hatte, den sie aus der Schule kannten.

»Meine Freunde!« rief er stolz einem Graukopf zu, der mit geschlossenem Mund so heftig auf einem Kaugummi zu kauen schien, daß die glänzend gezwirbelten Schnurrbartspitzen im Takt wippten.

»Meine Freunde«, erklärte er auch einer dicken Frau, die mit klingelnden Armreifen vorbeihuschte, um eine weitere Schale rosafarbenes Zuckerzeug auf den Tisch zu stellen.

»Meine Freunde«, endlich zu einem hageren Mann mit kup-

114

ferbraunem Glatzkopf, der würdevoll neben Kadis Mutter stand und demnach wohl Kadis Vater sein mußte.

»Seine Freunde auch meine Freunde«, behauptete Kadis Vater, lachte dröhnend, funkelte alle aus kohlschwarzen Augen an und schüttelte ihnen feierlich die Hände. »Wir danken, daß ihr gekommen seid.«

Toni spürte, wie seine Ohren vor Verlegenheit zu brennen begannen. Hier dankte man ihnen, und gerade in der Toreinfahrt hatten sie noch überlegt, ob sie überhaupt zu diesem Fest gehen wollten. Auch Babette schien sich unbehaglich zu fühlen. Die Rollen waren offenbar vertauscht. Kadi, dessen erhitztes Gesicht vor Freude leuchtete, wies ihnen umständlich die Plätze zu, in der Mitte der langen Tafel, die blendende Sonne im Rücken. Dann setzten sich auch die anderen, zuerst die Männer, danach die größeren Jungen. Frauen und Mädchen hatten noch einiges zu tun. Sie schenkten Fruchtsäfte ein und Kaffee. Sie boten Gebäck und Kuchen an. Sie lächelten.

Was sollte man nehmen? Nach Hammelhuf und Schafsaugen sah das ja wirklich nicht aus. Aber alles war farbenfroh, zuckrig und fürchterlich süß. Toni, der neben Kadis Mutter saß, wurde mit Honigplätzchen vollgestopft. Er hatte die unbehagliche Empfindung, als ob nicht nur Finger und Lippen, sondern allmählich auch Zähne und Magen verklebten. Doch sein Sträuben nützte nichts. Wenn er ablehnend nein oder danke sagte, schien die freundliche Frau das nicht zu verstehen. Unermüdlich häufte sie ihm weitere Süßigkeiten auf den Teller.

Den anderen erging es nicht viel besser. Nur die klebrige Elsa ließ sich nicht lumpen und probierte alles, was in ihre Reichweite geriet. Aber die hätte sich auch durch einen Zuckerberg ins Schlaraffenland fressen können.

Endlich kam ihm der rettende Einfall, er drehte seinen Teller einfach um. Das half. Nun hatte er endlich Gelegenheit, sich seine Nachbarschaft näher anzusehen. Etwa drei Dutzend fröhlicher Gesichter saßen an beiden Seiten des langen Tisches. Die Frauen hatten ihr schwarzes Haar unter farbigen Kopftüchern versteckt. Die Männer trugen fast ausnahmslos gewaltige

Schnauzbärte. Es wurde viel und laut gesprochen in einer hellklingenden Sprache, die aus lauter Ü und I zu bestehen schien.
Immer wenn sein Blick ein braunes Augenpaar traf, lächelte jemand freundlich zurück. Diese Türken verstanden sich offenbar
darauf, Feste zu feiern.

Plötzlich schob Kadis Vater, der sieben Plätze weiter neben
der Schleiereule saß, seinen Stuhl zurück und klopfte auf den
Tisch. Er räusperte sich mehrmals, zog mit einem kräftigen Ruck
seine Hose hoch und begann in tiefer, rollender Stimme eine fest-
liche Rede.

»Bitte um Zuhören!« dröhnte er. »Diese Kinder sind Freunde
von meinem Sohn. Sie haben ihm geholfen, vielleicht das Leben
gerettet, wer weiß. Deshalb feiern wir heute. Weil es gut ist,
Freunde zu haben in einem fremden Land.« Er hob sein Glas
und trank einen durstigen Schluck. Danach setzte er seine Ansprache fort, diesmal in türkisch mit vielen klingenden Ü und I.
Seine Hände bewegten sich, zeigten immer häufiger auf die Kinder, auf Toni und Babette, auf Bomber und die klebrige Elsa, der
vor Verwunderung ein giftgrünes Zuckerplätzchen zwischen den
Fingern zerschmolz.

Toni hörte die Ü und I, sah den lobenden Zeigefinger und die
freundlichen Blicke. Nein, behaglich fühlte er sich dabei weiß
Gott nicht. Was hatte er denn geleistet? Überhaupt nichts. Zweifellos war Kadi der Held. Der hatte sich mutig an das Versteck
der Gangster herangeschlichen, während er selbst mit seiner
nutzlosen Balkonkletterei wie ein rechter Esel dastand. Er wollte
aufspringen, Erklärungen abgeben. Aber das wurde als falsche
Bescheidenheit gedeutet. Man drückte ihn lächelnd auf seinen
Stuhl zurück. Kadis Mutter streichelte mit weicher Hand über
seinen Arm.

»Ich komm mir so richtig deppert vor«, flüsterte Toni Babette
ins Ohr. Die nickte lebhaft. Zwar wußte sie nicht ganz genau, was
deppert bedeutete, aber das Wort hatte den richtigen Klang, sie
fühlte sich genauso.

Plötzlich lachten alle und klatschten Beifall. Die Ansprache
war zu Ende. Würde vielleicht eine zweite folgen? Wer wußte

denn, wie es bei einem türkischen Festessen zugeht? Nein, ein schriller Ton stieg auf, trillerte und brach ab. Eine Flöte? Am Kopfende des Tisches machten sich mehrere Musikanten bereit. Blas- und Zupfinstrumente, Messing blitzte im Licht, eine Trommel. Die quäkenden, fistelnden Töne verflochten sich zu einem unentwirrbaren Muster, das überraschend gut in den sonnendurchwärmten Hof paßte. Die Frauen fingen an, sich in den Hüften zu wiegen. Dann sang ein Mann mit rauher und heiserer Stimme. Trotz den vielen Ü und I klang das Lied hart und dramatisch. Manchmal schien der Sänger nach Worten zu suchen, er machte Pausen, horchte in sich hinein.

»Er singt ein Lied über uns«, flüsterte Kadi hinter Babettes Rücken seinem Freund Toni zu. »Ein Lied, das erzählt, was wir getan haben.«

Das schien unglaublich. Hier mitten in einer rußigen Industriestadt, wo Nachrichten durch Fernsehen und durch Zeitungen verbreitet und schnell wieder vergessen wurden, machte jemand ein Lied aus den unwichtigen Abenteuern einiger Kinder, um es vielleicht nach Jahren noch anderen Leuten vorzusingen. Aufmerksam hörte Toni zu, obwohl er natürlich kein Wort verstehen konnte. Der fremde Text erhielt jetzt eine unerwartete Bedeutung. Zwei Männer standen auf und bewegten sich mit einfachen Tanzschritten vom Tisch weg in den freien Hofraum vor den Schuppen. Was sollte das?

»Zwei Gangster«, sagte Kadi.

Aha, jetzt begann wohl eine Art Theaterstück, mit dessen Hilfe der Inhalt des Liedes denen erläutert wurde, die selbst nicht genug Phantasie hatten. Ein dritter Tänzer gesellte sich zu den Tanzenden. Sie sprangen wie irr um den Hof und verschwanden plötzlich hinter dem Stall.

»Jetzt bin ich dran!« Kadi erhob sich, kreiste mit schleichenden Schritten um den Tisch, näherte sich zögernd dem Versteck der Gangster. Schon hatten die sich auf ihn gestürzt, wirbelten in enger werdenden Spiralen um ihn herum, zogen ihn fort hinter die Schuppenwand. Wimmernd fistelte nur noch die Flöte und verstummte dann auch.

Toni fühlte Blicke auf sich gerichtet. Was erwarteten die? Man nickte ihm zu. Sollte er etwa auch? Nein, das konnte niemand von ihm verlangen. Er würde sich doch nicht für den Rest seines Lebens lächerlich machen. Kadis Mutter schob ihn sanft vom Stuhl. Wie unter einem Zwang bewegte er sich mit steifen Schritten vorwärts. Der harte Schlag der Trommel stützte ihn. Seine Haltung wurde vorsichtiger, unruhig bewegte sich sein Kopf nach allen Seiten. Unversehens stand er vor der Stalltür, klopfte im Takt der Trommel dagegen. Und dann war auch Kadi wieder da. Sie faßten sich an den Händen, wurden von der laut einsetzenden Musik zurück zum Tisch geleitet, wo lärmender Beifall für die Darbietung dankte.

»Mann, das hätte ich dir wirklich nicht zugetraut!« rief Babette, als Toni noch ganz benommen zu seinem Stuhl wankte.

Er selbst hätte sich das niemals zugetraut und würde die Vorführung wohl auch so schnell nicht wiederholen. Ohne Trommel und Musik wäre es überhaupt nicht gegangen. Aber ein wenig stolz war er auch. Besser man blamierte sich beim Mitmachen, als daß man steif wie ein Stockfisch auf dem Stuhl hocken blieb. Er trank durstig. Kadis Mutter hatte den Teller doch wahrhaftig wieder umgedreht und voll Zuckerzeug gepackt.

Zwei Häuser entfernt hingen Leute in den Fenstern und glotzten herüber. Weshalb machten die nicht mit bei diesem Fest? Waren sie nicht eingeladen? »Das sind Deutsche. Die setzen sich nicht mit uns Türken an einen Tisch«, erklärte Kadi.

»Aber wir sind doch auch . . .« Haberer verschluckte den Rest des Satzes. Hatten sie nicht vor wenigen Stunden noch genau so gedacht? Jetzt fühlte er sich von Minute zu Minute wohler. Die näselnde Musik gefiel ihm. Mit der Hand schlug er den Takt auf der Tischkante.

»Du sehr guter Tänzer!« rief Kadis Vater herüber und kniff ein Auge bedeutungsvoll zu.

War das ernst gemeint? Richtig getanzt hatte er ja noch nicht, bisher noch nicht. Vielleicht sollte man diesen Türken doch mal zeigen, wie es bei ähnlichen Festen in einem bayrischen Dorf zuging. Er winkte Bomber zu sich.

118

»Wir geben's denen mal!«

»Was denn?«

»Wirst schon sehen!«

Bomber hatte noch nie Schuhplattler getanzt, Toni eigentlich auch nur ein- oder zweimal, heimlich und um zu sehen, ob er's überhaupt konnte. Außerdem hatten sie keine Lederhosen an, und die Musik paßte ganz und gar nicht. Aber ihre Gastgeber waren kein wählerisches Publikum. Rauschender Beifall belohnte sie für ihren Mut.

Zuerst erhob sich Kadi und tanzte ein paar Schritte nach. Dann wagten sich schon mehrere Männer in die Mitte, sprangen auf einem Bein hoch in die Luft, klatschten sich auf die Schenkel, gegen die Waden. Die Flöte näselte und schrillte. Mochten die Abfalltonnen in der Sonne ihren säuerlich fauligen Gestank verbreiten, mochte der Putz bröckeln und häßliche rote Ziegelnarben freilegen, nichts kam gegen ihre Fröhlichkeit an.

Es war die klebrige Elsa, die etwa eine halbe Stunde später das Fest jäh beendete. Trotz warnenden Bauchkneifens hatte sie immer wieder gierig nach roten und grünen Zuckerkringeln gegriffen, bis ihr plötzlich speiübel wurde. Sie stöhnte, preßte die Hand gegen den Magen, verdrehte die Augen. Sofort scharten sich ein paar Frauen um sie. War es vielleicht ein entzündeter Blinddarm, der ihr zu schaffen machte? Oder eine andere geheimnisvolle Krankheit?

»Die hat sich überfressen!« vermutete die Schleiereule. Fast alle teilten den Verdacht. Aber was nützte das? Außerdem war es schon viel später, als man gedacht hatte. Und ein Fest, selbst ein türkisches, kann ja nicht ewig dauern. Babette und Andrea griffen Elsas Arme. Kadis Vater kniff zum Abschied noch einmal bedeutungsvoll das linke Auge zu. Kadis Mutter folgte ihnen bis in die Toreinfahrt und versuchte, Toni Süßigkeiten in die Hosentaschen zu schieben. Doch auf Zuckerkringel hatte nun wirklich niemand mehr Appetit.

11

Erst am nächsten Morgen hatten die White Angels Zuckerzeug und Eindrücke so weit verdaut, daß sie frei über ihre Erlebnisse sprechen konnten. Wie zufällig waren alle außergewöhnlich früh auf dem Schulhof erschienen. Nur Babette fehlte, aber die kam ja immer und überall zu spät. Die anderen steckten eifrig ihre Köpfe zusammen und beredeten den lustigen Nachmittag noch einmal in allen Einzelheiten.

»Ich hab sofort gewußt, daß es so enden würde«, behauptete die Schleiereule, die mit ihrem auf Schokolade erpichten Bruder schon häufig ähnliche Erfahrungen gemacht hatte.

»Du selbst hast auch ganz schön zugelangt«, erboste sich daraufhin Elsa. »Und sogar noch heimlich was in die Taschen gesteckt! Jeder hat's gesehn!«

»Das war doch nur für Dada. Außerdem wird einem von Zuckerkringeln in den Taschen wenigstens nicht übel.«

Darüber konnten nun alle wieder lachen. Sie fanden, so einen vergnüglichen Nachmittag müßte es in jeder Woche wenigstens einmal geben. Er sollte fest in den Stundenplan eingebaut werden. Türkisches Fest in der Hüttenstraße.

»Oder bayrische Tanzstunde beim Haberer!« Babette hatte sich unbemerkt herangeschlichen und die letzten Sätze gehört. Ja, das war unbestreitbar der Höhepunkt gewesen, ein Dutzend schnurrbärtiger Männer, die sich mit angestrengtem Ernst in den schwierigen Figuren des Schuhplattlers übten. Das gab es wirklich nicht alle Tage.

Die Schulglocke schrillte und erlöste die White Angels aus ihrem schon schmerzhaften Gekichere. Widerwillig stiegen sie die Treppe hinauf, marschierten den lärmenden Gang entlang. Im Klassenzimmer wartete schon die nächste Überraschung. Auf dem Platz der Schleiereule saß ein riesiger Osterhase mit Hut

120

und Kiepe. Zweifellos war er noch größer als der Hase aus Opa Karankes Schaufenster.

»Aber er hat keinen Tirolerhut«, stellte die Schleiereule sofort fest, »nur einen Zylinder.«

»Wo die den so schnell besorgt haben mögen?« wunderte sich die klebrige Elsa.

»Geklaut!« behauptete Bomber.

Er hatte ja keine Ahnung, wie schwierig es gewesen war, so viele Wochen nach Ostern diesen Hasen unter Mitwirkung von Schraubes Vater im Lager eines befreundeten Süßwarenhändlers aufzutreiben. Zu Recht waren die Blue Tigers stolz auf ihre organisatorische Leistung.

»Hoffentlich kann man den überhaupt noch essen.« Die klebrige Elsa beäugte das unerwartete Geschenk fachmännisch von oben bis unten.

»Dada ißt alles«, erklärte die Schleiereule, »wenn es nur wie Schokolade aussieht.«

In der großen Pause schickten die White Angels eine Delegation, bestehend aus dem Präsidenten Haberer und dem Meisterdetektiv Babette, zum Kreidestrichcamp der Blue Tigers, um sich ordnungsgemäß zu bedanken.

»Wir werden denen zeigen, was sich gehört«, hatte Babette großartig erklärt.

In derselben großen Pause entsandten die Blue Tigers eine Delegation unter Leitung von Boss Czupka und bestehend aus den einfachen Bandenmitgliedern Quast, Quabbel und Zicke zu den White Angels.

Die beiden Delegationen trafen in der Mitte des Schulhofes aufeinander, wo sie sich schweigend gegenüberstanden und mißtrauisch musterten.

»Wir möchten uns für den Schokoladenhasen bedanken«, erklärte Haberer endlich, nachdem ihn Babette nachdrücklich in die Rippen gestoßen hatte.

»Wir wollen uns auch bedanken«, schnarrte Boss Czupka, nachdem die Zicke ihn nachdrücklich in den Rücken geboxt hatte. »Für eure Hilfe.«

»Danke.«

»Bitte.«

Danach starrten sich die Delegationen stumm an. Es schien, als ob sie sich nach diesem Austausch von Höflichkeiten nichts mehr zu sagen hätten. Die Sekunden dehnten sich. Babette musterte interessiert Quasts grüne Hose. Von der linken Seitentasche zog sich ein heller Flicken nach hinten. Das war bestimmt die Stelle, wo Leo zugebissen hatte.

»Der Boss will euch einen Vorschlag machen«, behauptete Quabbel nach einer Weile.

Dann sollte der mal hören lassen. Viel Vernünftiges würde es schon nicht sein, sonst hätten sie es sicher nicht so lange zurückgehalten. »Es ist folgendermaßen, Sepp«, quetschte Czupka aus dem linken Mundwinkel. »Wir haben uns die Sache genau überlegt. Zicke und die Jungs sind auch alle dafür. Ihr könnt ab sofort bei uns mitmachen.«

»Was ist los?« Babette glaubte nicht richtig gehört und verstanden zu haben.

»Na, Blue Tiger werden und so.« Quast schien das wirklich für das erstrebenswerteste Ziel auf dieser Welt zu halten.

»Bei euch piept's wohl!«

»Nein, danke«, entschied auch Toni. »Wir haben ja jetzt unseren eigenen Verein.«

Damit machte die Delegation der White Angels auf dem Absatz kehrt und stiefelte davon, die ungläubigen Blicke der vier Blue Tiger im Rücken.

»Ist vielleicht besser so«, versuchte Quast seinen Chef zu trösten. »Was sollen wir mit Ausländern und Weibern!«

»Schnauze!« knurrte Boss Czupka und stieß seinen Assistenten unwirsch zur Seite.

»Selbst 'n Weib!« fauchte ihn auch noch die Zicke an.

Die nicht zur Delegation gehörenden White Angels konnten sich über das unverhoffte Angebot nur wundern. Sie kicherten, daß es bis zum Kreidestrichcamp hinüberschallte.

»Stellt euch bloß mal Leo als Blue Tiger vor!« rief die Schleiereule. »Wir müßten ihn blau anmalen!«

»Eine blaue Zunge hat er aber schon«, stellte Kadi mit hoch-
gewölbten Augenbrauen fest.

Ja, dieser Frühsommertag leuchtete vor Sonnenlicht und kaum
zu unterdrückender Heiterkeit. Selbst die Lehrer zeigten vergnügte Gesichter. Auf dem Heimweg durch die Grimbergstraße
hatten Babette und Toni das untrügliche Gefühl, sich schon seit
vielen Jahren zu kennen.

»Heute könntest du eigentlich bei uns essen. Es gibt Rhabar-
berpfannkuchen.«

»Die mag ich«, erklärte Toni, der sich sonst in der einsamen
Wohnung selbst etwas hätte aufwärmen müssen.

Die Großmutter hatte ausreichend Teig gerührt. Rhabarber
und Zucker waren auch genug da. Es roch köstlich in der etwas
altmodischen Küche. Das heiße Fett zischte in der Pfanne. Zum
erstenmal, seitdem er in diese schmutzige Stadt gekommen war,
fühlte sich Toni zu Hause.

»Hilfst du mir dann noch bei Naturkunde?«

Selbstverständlich, das war ja sein Lieblingsfach. Sie gingen
ins Wohnzimmer hinüber und breiteten die Bücher aus. Hinter
der großblumigen Rosentapete lag die Wohnung der alten Brisalsky. Ob sie sich wohl gerade mit ihrem Kater Amadeus unter-
hielt?

»Also, komisch ist das schon«, unterbrach Babette seinen Gedankengang.

»Was ist komisch?«

»Hier steht«, ihr Finger deutete auf eine Zeile im Physikbuch,
»feste Körper haben die Eigenschaft, daß ihre kleinsten Bau-
steine, die Atome, in einer Gitterstruktur starr angeordnet sind.
Der Raum zwischen ihnen ist leer.« Abschätzend musterte sie
ihn. »Wenn du wirklich durch Wände gehen könntest, müßtest
du genau durch diese Zwischenräume flutschen.«

»Kann ich aber nicht!« Außerdem, durchflutschen, was war
das nur für eine unwissenschaftliche Ausdrucksweise. Je länger
er mit diesen Stadtkindern zusammen war und über sie nach-
dachte, desto dümmer kamen sie ihm vor.

»Die Blue Tigers haben es aber geglaubt!«

123

»Du doch auch!«

Das hätte er besser nicht gesagt. Wie eine wütende Katze sprang sie vom Stuhl und krallte sich in sein Hemd. Ein Knopf riß ab und rollte über den Tisch. Auf Tonis Brust zeigte sich ein lederner Beutel. Hastig versuchte er, ihn wegzustecken.

»Was ist das?«

»Ach nichts.«

»Zeig's mir!«

Um sie nicht noch mehr zu reizen, nestelte er gehorsam den Knoten auf und gab ihr das weiche Ledersäckchen. Sie öffnete es und roch daran.

»Wozu schleppst du das mit dir herum?«

»Ach, das ist nur ein Andenken an zu Hause. So riecht es bei uns in den Bergen.«

Seine Erinnerungen wurden wach. Er sah noch einmal den menschenleeren Bahnsteig am Morgen seiner Abreise, das im föhnigen Wind schwingende Stationsschild, den schimmernden Gipfel des Eiskogel. Wie ausgestoßen war er sich damals vorgekommen.

»Es riecht gut.«

Gemeinsam schnupperten sie an den zerkrümelnden, vertrockneten Kräutern und rochen die herbe, frische, saubere Luft einer fernen Welt.

Walter Kort

Der schlaue Damian
oder Feuer in der Hexenküche

Damian, jüngster Sproß der altehrwürdigen Bäckersfamilie
Zimtgiebel, macht eine tolle Entdeckung. Unter der Bäckerei
gibt es alte, riesige Gewölbe, und darin – das weiß Damian ganz
genau! – muß ein Schatz versteckt sein.
Schon Großvater Zimtgiebel hat, erfolglos, danach gesucht.
Damian, der schlaueste Junge der ganzen Stadt, wird aber diese
ungeahnten Kostbarkeiten ausfindig machen, gemeinsam mit
seiner Freundin Sandra. Wenn nicht – wenn es nicht vorher ganz
gewaltig kracht in den alten Kellern!
128 Seiten mit 10 Strichzeichnungen, ab 10 Jahre.

Die Hexe aus der Linie 7

Dora, Tina und Klaus fahren jeden Morgen mit der Linie 7 zur
Schule. *Na und?* Da sitzt immer so eine komische alte Frau. *Laßt
sie doch!* Das ist aber eine Hexe! *Blödsinn!* Aber wir waren doch
sogar mit ihr zur Walpurgisnacht. *Waas??*
Dora, Tina und Klaus haben wirklich unglaubliche Erlebnisse
mit der Hexe aus der Linie 7. Aber beim Frühlingsfest der Schule
fliegen dann so viele Leute auf Besen herum, daß kein Mensch
mehr sagen kann, wer hier Hexe ist und wer nicht.
128 Seiten mit 8 Abbildungen, ab 10 Jahre.

C. Bertelsmann